MEMORIAL
DE UM
herege

MEMORIAL DE UM

VIDA E MORTE DE ISAAC BEN MAIMON, FÍSICO-MÉDICO

Fiel transcrição da história de Isaac Ben Maimon, conforme mensagem psicocomputadorizada do além recebida por dona Genia Bronia, médium notória e praticante das Artes Ocultas.

SAMUEL REIBSCHEID

Ateliê Editorial

Copyright © 2000 Samuel Reibscheid

ISBN 85-7480-018-X

Editor
Plinio Martins Filho

Produtor Editorial
Ricardo Assis

Direitos reservados a
ATELIÊ EDITORIAL
Rua Manoel Pereira Leite, 15
06700-000 – Granja Viana – Cotia – São Paulo – Brasil
Telefax (11) 7922-9666 / 4612-9666
www.atelie.com.br

Impresso no Brasil/Printed in Brazil
Foi feito depósito legal

sumário

Intróito, 13

I. Praça da Matriz, 33
II. Santa Inquisição, 41
III. Amigos, 61
IV. Prisão, 69
V. Sentença, 139
VI. Últimas Imagens, 167

Notas, 177

Dedico este livro aos doutores João Lourenço Villari Herrmann, Enio Buffolo, Luciano de Figueiredo Aguiar, Antonio Carlos de Carvalho, Ana Herciclia Guimarães, Domingos Santos, Cyrilo Mantovani, Guido Caputi, Guacira Greca e Alessandro Machado. O Memorial e o autor existem graças à ação decisiva desses profissionais. A dedicatória se estende a enfermeiros, fisioterapeutas, nutricionistas, auxiliares de enfermagem e a todos que, no dia-a-dia, participam na mágica da cirurgia cardíaca.

Para minha família nuclear, Rute, Sharon e Ely Marcio.

Amigos e especialistas deram tempo e ajuda para a construção deste livro. A todos, meus agradecimentos. Particularmente, menciono Rachel Mizrahi, que deu ao autor a pista do mundo dos cristãos-novos e os caminhos e descaminhos da Inquisição. Também Messias Liguori Padrão e Soraya de A. Miguel, que fizeram uma leitura muito crítica do texto. A revisão esteve a cargo de Rute Solon.

Expresso agradecimentos especiais a Berta Waldman, pelos ensinamentos referentes ao desenvolvimento da narrativa e de seu fluxo. Sua sistematização da assim denominada "literatura do imigrante" foi essencial para minha colocação como contador de histórias.

Aos hereges e às suas distantes cinzas e memórias meus agradecimentos absolutamente inúteis.

intléite

Fiquei surpreso quando fui procurado por um trineto da famosa dona Guenia Bronia. Não tenho ligação alguma com o ocultismo ou coisas esotéricas.

— Ela pediu que este CD ROM fosse entregue em suas mãos — disse-me —, não sei qual é seu conteúdo. Funciona no Windows. Falou que é para usá-lo como quiser. Publicar, se possível. Você a conheceu?

Dona Guenia Bronia era médium. A mais afamada da cidade, talvez do país. Conhecia-a de vista, pois moramos no mesmo bairro. Falava-se dela com certo estranhamento e receio; acho que as pessoas tinham medo de seus pretensos poderes. Não havia referências diretas, só sussurros:

— Sabe! Ouvi dizer que...

— Contaram-me que ela...

Eu era pequeno e escutava essas conversas na padaria quando comprava frios para o jantar. Compartilhava desse medo difuso, achava que ela me contemplava com interesse especial. Como se fosse dizer alguma coisa, que, finalmente, nunca disse.

Começou suas atividades na casa que dividia com mais algumas famílias, no baixo Bom Retiro, junto à várzea do rio Tietê, então um lugar alagadiço e abandonado. Era uma velha construção com paredes arruinadas, o telhado caindo aos pedaços e de má fama que, em tempos remotos, servira de senzala e, mais tarde, de bordel barato. Em meio a imigrantes italianos e judeus, gente pobre e que mal dominava o idioma da nova terra, sua fama atraía os endinheirados de todos os cantos.

— Que diabos ela faz? Como esses ricaços sabem que ela existe? — invejavam os vizinhos ao observar o diuturno desfile de carros de luxo que percorriam a rua onde habitava.

Em poucos anos de trabalho, dona Guenia mudou-se para o nobre e afamado bairro de Higienópolis, então um reduto da aristocracia nativa.

— Os gringos estão invadindo tudo — queixavam-se os antigos moradores, gente de sobrenomes múltiplos e complicados, registrados em provectos alvarás e documentos genealógicos.

Foi para um prédio especialmente construído para ela. Um caravançará murado e com entradas secretas que permitiam aos visitantes entrar e sair sem serem identificados. Lá atendeu a Membros do Senado Americano e da Internacional Socialista. A obscuros e sanguinários ditadores da América Latina e dos Bálcãs. A reis, rainhas e ministros de poderosos países europeus, a marajás trilionários. Chegou a abrigar um sultão,

INTRÓITO

um consulente das Arábias, dono sabe-se lá de quantos poços de petróleo e manadas de camelos, acompanhado de seu séquito e harém de trezentas mulheres, afora os eunucos e vizires. Tinha casamatas blindadas para proteger os clientes guerrilheiros ou terroristas. Mantinha serviços de todas as espécies: salões de beleza para esposas, concubinas e damas acompanhantes, manicuras, lipoaspiradores, torturadores, tatuadores de dragões e seres diabólicos, jogadores de búzios, decifradores da cabala necromante, animadores de sessões sadomasoquistas e demais especialistas.

Da rachada e baça bola de cristal da Boêmia que trouxera da Europa, dona Guenia evoluíra, até "receber" conectada num supercomputador de última geração. Dizia-se que a maravilha eletrônica havia sido elaborada pela CIA ou pela KGB ou até mesmo pelo Mossad. Ou pelos três serviços em trabalho conjunto.

Dona Guenia Bronia colocava seus clientes em comunicação internético-eletrônica com o além.

Sentava-se frente ao aparelho, em transe, e sorria enquanto seus dedos corriam em velocidade vertiginosa sobre as teclas. As mensagens surgiam evidentes e óbvias na tela. Apareciam imagens. Vozes e sons. Cheiros, tatos e gostos. Os clientes levavam, não apenas palavras, mas um disco com tudo gravado.

Um marido saudoso revia a esposa morta, ouvia sua voz, aspirava seu perfume. Filhos dialogavam com os pais no além-túmulo, resolviam pendências inacabadas, diziam as coisas que não julgaram importantes dizer um dia.

Não importava que o morto tivesse apodrecido em alguma unidade de terapia intensiva, dona Guenia trazia-o de volta no melhor da sua forma, corado, alegre e saudável.

Banqueiros a procuravam para um dedinho de prosa com um Rotschild do século XVI. Ao sair de uma sessão, um importante general comentou com seu ajudante-de-ordens:

— Esse Clausewitz, além de ter mau hálito, é um babaca. Afirmou que a política é a continuação da guerra, por outros meios. Ou teria sido o contrário? Que decepção!

— Nosso amado Führer está em farrapos. Um lixo — deplorava um grupo de neonazistas —, se nem dona Bronia conseguiu recuperá-lo, é mesmo o fim.

Há poucas semanas, eu estava no cemitério para o culto da inauguração do túmulo de um amigo, quando houve a invasão. O enterro de dona Guenia.

Seu corpo vinha em cortejo num caixão do tamanho de uma caixa de sapatos, seguido por milhares de pessoas. Uma comitiva de fiéis. Clientes antigos. Gente comum atraída pela sua fama de milagreira. Burgueses, membros da elite nababesca e intelectual, secretários de Estado, deputados, embaixadores, políticos de todas as tendências, religiosos do alto e baixo clero de inúmeras seitas. Os curiosos habituais. Doentes em macas, amparados por médicos e enfermeiras.

Mal seu corpo havia sido lavado e amortalhado e histórias se propagavam:

— Não tem peso, flutua sobre a mortalha!

— Uma nuvem de beija-flores voava sobre ela!

— Irradiava uma luz azulada e sua pele ficou diáfana como a de um recém-nascido!

Canteiros e túmulos foram pisoteados pela turba que queria ver tudo de perto. Cerimônias paralelas aconteciam por todos os cantos. Mafiosos rezavam missa em latim misturado com um esquecido dialeto da Sicília. Banqueiros de Hong

INTRÓITO

Kong, Nova Iorque e Hamburgo infiltraram-se em um cerimonial mormônico-vuduísta e fizeram a prece ao ouro, ajoelhados aos pés de um bezerro do vil metal, ato efetuado pela primeira vez em público desde os tempos da glória babilônica.

— Sim, eu a conheci — respondi a seu trineto —, eu a via por aqui e por ali, fomos vizinhos de bairro. Casualmente, assisti a seu enterro. Mas por que fui escolhido como herdeiro desse CD ROM? Minha posição quanto às coisas místicas não é segredo.

Ele deu de ombros:

— Não sei. Ela contou que era da mesma cidade da Polônia que a sua família. Acho até que foram irmãos de navio.

Uma explicação suficiente. Essa coisa de "irmãos de navio" é séria. Ouvi a expressão, com certeza um neologismo, *shiffbrider*, literalmente irmão de navio, incontáveis vezes, quando meus pais qualificavam algum ente que viajara, em sua migração para o Brasil, no mesmo barco que eles. Aquelas semanas em que compartilharam um mar comum e desconhecido, na busca forçada de um destino insólito, criaram laços que perduraram por toda suas vidas.

Consideravam-se membros de uma fraternidade. Ajudavam-se, socorriam-se. Escorraçados de seus países natais, embarcaram para cá, com uma muda de roupa e sua capacidade de trabalho. Religiosos e ateus, juntos vomitaram quando o navio jogava. Juntos dormiram, em dormitórios coletivos, educados citadinos e rudes aldeões. Juntos, comunistas, anarquistas, pequenos-burgueses, futuros capitalistas foram picados pelos mesmos percevejos. Espalharam-se pela cidade. Consideravam-se irmãos.

Fui para casa, inseri o CD e li, na página inicial:

Minha Vida e Minha Morte

e, logo abaixo

A HISTÓRIA DE ISAAC BEN MAIMON, FÍSICO-MÉDICO, PROBO E DEDICADO HOMEM DE CIÊNCIAS QUE EXERCEU SEU OFÍCIO DE CURADOR EM SÃO PAULO E OUTRAS LOCALIDADES EM SUAS VIDAS ANTERIORES.

ABEL-CAIM, JUDEU ERRANTE, PERCORREU E FOI PERCORRIDO PELOS CAMINHOS DA VIDA.

NASCEU QUANDO MORREU. PENSOU QUE ERA O FIM: ERA O COMEÇO.

QUE SIGA A COLUNA DE FOGO.

EU, GUENIA BRONIA, RECEBI ESTA MENSAGEM NA MINHA TERRA NATAL, A MALDITA GALÍCIA. QUE SEUS MORADORES SEJAM GASEADOS E JOGADOS NO ESGOTO!

Também aparece a figura de dona Guenia, na sua única foto conhecida.

Contemplo um rosto de velha. A pele é um pergaminho rugoso, desenterrado da areia do deserto do Sinai, onde estava há cinqüenta séculos, face afilada de pássaro na época da muda. Diz-se que já tinha aspecto de velha desde os dezoito anos e que não mudara desde então.

A visão dessa foto causou-me intensa perturbação, tal a semelhança que tinha comigo. Cada vez que abria o disquete, a semelhança se acentuava e minha perturbação crescia.

Li o relato com incredulidade. Encontrei uma salada histórica. Mistura de épocas, verdadeira compressão do espaço e do tempo. Esse Isaac percorreu séculos e distâncias. Transitava de um lado para outro e de um século para o seguinte como se atravessasse a rua. Citava, com familiaridade, fatos e documentos de épocas e locais díspares.

INTRÓITO

Apareciam palavras grafadas em português arcaico. Períodos inteiros em ladino, alemão ou ídiche de várias regiões misturados com polonês, hebraico e aramaico.

Vivi momentos assustadores. Subitamente, surgia um nauseante cheiro de sangue velho e de carnes putrefeitas das vítimas. De cebolas decompostas evolando-se de batinas negras e manchadas. Na primeira noite em que apareceram, procurei por toda casa a sede material desses odores. Abri gavetas e armários, revirei a lixeira e potes de cereais. Estava certo de encontrar um pássaro ou um rato morto. Nada encontrei. Desapareciam quando o computador era desligado. Deduzi que brotavam da tela ou do teclado.

Ouvi vozes raivosas de inquisidores, outro motivo de confusão, pois se manifestavam em espanhol, português, polonês, alemão e outros idiomas que não identifiquei, o arrastar de correntes pesadas contra um chão áspero, o ineludível chiado de pele queimada.

Difícil distinguir se foram coisas lidas e ouvidas ou sentidas.

Por vezes, cansado, queria desligar o computador, mas era impossível fazê-lo, pois os controles não me obedeciam, e uma força incoercível mantinha-me à frente da tela.

Quando transcrevi uma narrativa particularmente dolorosa, não me recordo se era sobre um cigano ou um judeu sendo assado em algum porão da Santa Madre Igreja ou numa cela da Gestapo, ouvi minha cadela uivar no quintal, desesperada, como se a lua estivesse desabando. Saí para acalmá-la, estava acolada ao chão e chorava como um filhote desmamado, e contemplei o astro noturno avermelhado e sanguinolento pulsando contra um céu negro.

Será que essa mulher tinha um poder especial? De qualquer maneira, fez-me entrar em contato com episódios e conhecimentos não pertencentes ao domínio do imaginário comum e de personagens raras que constatei serem verdadeiras quando consultei livros e alfarrábios especializados. Encontrei trechos inteiros, no CD, que repetiam *ipsis litteris* passagens dos tratados históricos e tive o cuidado, quando fiz a transcrição, de citar as fontes, quando localizadas com certeza. As notas explicativas foram inseridas por mim, na tentativa de esclarecer certos termos utilizados pelo herege.

Iniciou-se um período tenso. Assim que abria o disquete eu era envolvido pelo jorro da narrativa misturada com uma inundação de vozes, tatos, cheiros e estranhos sentimentos.

Sentia uma sensação de absurdo. O que estava fazendo, afinal? Decodificando comunicações de um mundo de fantasmas e fantasias atemporais?

Eu lia uma história. De uma personagem real ou ilusória? Será que a vidente, na sua decadência, elaborou tal narrativa? O que tem um massacre germânico a ver com um massacre ibérico? Ou o massacre é sempre o mesmo? Sem dúvida, eu lia uma narrativa pessoal, de alguém que falava de si mesmo e ouvia a voz cansada e rouca de Isaac Ben Maimon contando sua vida.

Desde que minha posição era de escriba e não de escritor, preocupei-me em não interferir no texto. Inevitavelmente, pelo menos enquanto traduzia algum parágrafo, fui obrigado a optar por uma palavra ou por outra e talvez, sem o querer, tenha introduzido alguma alteração.

* * *

INTRÓITO

Quando terminei o ajuste da escrita, procurei seu trineto.

— Ela viajou para a Polônia?

— Sim. Estava mais velha do que nunca e anunciou que iria visitar alguns lugares. Providenciei uma enfermeira acompanhante e passagens para Toledo, Madrid, Amsterdam e Lisboa. Nem perguntei, nem ela me explicou por que iria visitar essas cidades. Enfim, reservei hotéis e avisei pessoas conhecidas para que ela não se isolasse. Combinamos que ela se comunicaria conosco diariamente e assim as coisas transcorreram por duas semanas, até que, de repente, perdemos o contato com ela.

Foi uma correria! A acompanhante contou que, em Toledo, ela saiu para comprar uns arenques defumados numa banca da praça local e não voltou mais. A polícia local, a Interpol e os serviços secretos de inúmeros países não a localizaram. Parecia ter evaporado.

Após duas semanas foi encontrada. Longe, muito longe da Espanha. Na Polônia, numa cidade próxima a Cracóvia. Um caco, suja, desgrenhada, vestia um pijama listrado, todo rasgado, ninguém sabe onde ela encontrou tal vestimenta. Os pés descalços e feridos. Coberta por hematomas. A musculatura murcha e desidratada. Desnutrida. Percorria o leito de uma ferrovia, seguia os trilhos. O camponês que a descobriu disse que ela não desviava os olhos do chão.

Fui ao seu encontro, atendendo ao chamado de um cônsul local, seu antigo cliente. Encontrei-a num hospital. Limpa e bem cuidada.

Ficou feliz com minha presença, mas exibia um comportamento estranho. Articulava frases desconexas e delirantes. Se algum médico se aproximasse, punha-se a gritar:

— Não me toque, filho da puta! Não sou cobaia! Ninguém vai tatuar minha pele!

Todos ficavam consternados, sem entender o que se passava. Recuperou-se, teve alta clínica.

Na viagem de volta ao Brasil, no avião, mal apertou o cinto, repetia:

— Fui invadida! Milhões de almas me estupraram, não consegui controlá-las. Homens, mulheres, crianças, fetos, gentios, ciganos, judeus, polacos, soldados russos. Almas em pó, nunca vi! Não suportei, acabaram comigo!

Entre as incoerências que murmurava, nomes, datas, trajetos e massacres, consegui entender que, desde sua chegada à Europa, ela, como sempre, dedicou-se a suas conversas com os mortos, suas invocações. Praguejava, desabafava:

— Que horror! A que merda reduziram nossa gente!

Eu tentava acalmá-la, ela não parava de falar:

— Decidi ir sozinha a Cracóvia. Aquela acompanhante estava me incomodando, controlava tudo que eu fazia, uma chata. Eu queria invocar pessoas, amigos da minha juventude, companheiros de escola e de brincadeiras, meu primeiro namorado. Eu sentia saudades! Certa noite, embarquei num ônibus e fui para uma pequena cidade, onde iniciei minhas invocações.

De repente, fui tomada pelas almas. Milhões. De uma vez. Afloraram ao mesmo tempo, penetraram-me, esmagaram-me, senti o peso de toneladas de terra. Uma vala se abriu sob meus pés e uma montanha de ossos calcinados e de cinzas se levantou em formas semi-humanas. Não conseguiam organizar-se, tão arrebentados foram quando morreram! Do fundo de um rio vizinho, emergiu uma gigantesca massa de detritos

INTRÓITO

enegrecidos misturada com pedaços de ossos e resíduos de tendões.

Só consegui entender, em meio à algaravia, que eram restos dos queimados nos fornos crematórios, lá atirados há cinqüenta anos. Passavam por mim e me inquiriam, pulmões rompidos nas câmaras de extermínio no último esforço para respirar, fígados e nucas perfurados por balas, traquéias fraturadas, crânios de nenéns esmigalhados contra paredes.

Percebi que elas estavam esperando ser chamadas. Exigiam ser chamadas. Tinham pressa, diziam-se esquecidas e abandonadas. Queriam falar, contar. Tudo o que lhes aconteceu. Mas era dor demais. Milhões que foram mortos por...

— Ela chorava lágrimas secas. A angústia explodia pelos poros da sua pele. Retorcia as mãos, silenciava, recomeçava a falar as mesmas coisas.

Nunca mais foi a mesma. Desinteressou-se das coisas do dia-a-dia. Encolhia a olhos vistos, aos poucos reduziu-se ao tamanho de um prematuro.

Certa noite anunciou que ia trocar de universo. Reuniu-nos, despediu-se, sorriu, fechou os olhos e morreu. Clarões azulados se desprenderam de seu corpo, mas nada mais nos surpreendia nela. Deixou um caixote com recomendações e documentos. Foi quando encontrei o disquete, com as instruções de entregá-lo a você.

— Em que lugar ela foi tomada por todas essas almas? — perguntei.

— Não me lembro. Era algo como Achit. Ou Oshivt.

— Não seria Auschwitz?

— Isso mesmo! Como você sabe?

* * *

Sempre que leio uma história ou assisto a um filme, nem que me queira manter neutro, crítico e distante, acabo me envolvendo com uma das personagens, por uma empatia que surge do nada.

Agora eu confundia enredo, personagem, narrador. Já não sabia se o que me atraía era a própria dona Guenia ou esse Ben Maimon ou sua história. Esse nome, literalmente, significa filho de Maimon, o mágico médico e filósofo da Espanha medieval.

Tenho a sensação de que as coisas que aconteceram a esse Isaac Ben Maimon são atuais. Ou muito antigas!

E o que significa essa incrível semelhança física de dona Guenia comigo? Pensei e atinei com uma explicação razoável. A gente das pequenas aldeias da Europa tinha baixíssima capacidade de mobilidade. Viviam e morriam no mesmo lugar onde nasciam. Casavam-se com vizinhos e parentes, únicas pessoas com quem mantinham relações. Dona Guenia era proveniente da Galícia, região ao sul da Polônia, mesmo local de origem de minha família. Não é impossível que tivéssemos uma relação genética. Quem sabe ser esse o motivo real de eu ter sido escolhido como herdeiro dessa mensagem?

Minha empatia acaba ficando do lado da minoria. Do lado do herege. O herege é a minoria.

* * *

Madrid, Toledo, Amsterdam e Lisboa, cidades percorridas no passeio de dona Guenia, eu já conhecia. Tão envolvido

INTRÓITO

estava na compreensão do texto de Ben Maimon que decidi visitar Auschwitz, o cu do mundo, segundo o "doutor" Heinz Thilo, fantástico ente médico que atuou na instituição, onde foi assistente do "doutor" Mengele.

Foi no verão, em agosto.

O campo estava repleto de visitantes e turistas. Ônibus de toda a Europa lotavam os pátios de estacionamento. Os guias, grupos a sua volta, discorriam em vários idiomas sobre os eventos lá acontecidos durante a guerra. Os antigos caminhos e passagens enlameados agora eram pavimentados ou recobertos por pedras, cuidadosamente arranjadas. Os blocos das celas, antigas edificações destinadas a abrigar parte do exército polonês, eram apenas construções. Gramados verdejantes e árvores por toda parte. A lanchonete do subsolo da entrada servia café e sanduíches, aquecidos na hora em pequenos fornos elétricos. Fiquei fascinado quando o empregado, um sorridente e gentil garoto polonês, retirou as fumegantes salsichas que encomendei.

Andei por aqui e por ali. No portal de entrada, li a nojenta frase em letras de ferro: ARBEIT MACHT FREI*. Vi os blocos dos homens, das mulheres, dos políticos, disso e daquilo. Camas coletivas ou montes de palha jogados no chão de cimento. O bloco de torturas. As celas de isolamento. O pavilhão das "experiências médicas" do Professor Docente Clauberg, ilustre ginecologista. O paredão de fuzilamentos, agora decorado com flores e velas votivas. A privada coletiva, uma enorme laje de concreto, multiperfurada, abaixo da qual corria uma valeta. Forcas. Inúmeras. Coletivas, com a forma de trave de jogo de

---

* "O Trabalho Liberta". Expressão colocada na entrada dos campos de concentração germânicos.

futebol. Os avisos *halt*, letras desbotadas e quase ilegíveis. A gigantesca cerca de arame farpado. A coleção de malas dos que ali chegaram para morrer, enganados todo tempo por seus captores que lhes diziam estarem sendo levados para um campo de trabalho, alojamento temporário até o fim da guerra, um lugar onde poderiam viver tranqüilos. Li, escritos nessas malas, os nomes de lugares distantes: Salônica, Oslo, Amsterdam. Todas as cidades e mais algumas. Enormes pilhas de óculos, de roupas, de objetos caseiros, aparelhos ortopédicos. Vitrines com toneladas de cabelos descorados, lisos ou crespos, em penachos ou tranças, acinzentados pela ação do Zyclon B. Tecidos pesados, fabricados a partir desses cabelos, destinados a aquecer as damas arianas berlinenses. Câmaras de gás em ruínas. A linha férrea para Birkenau, campo anexo, o caminho do fim.

Lentamente, caminhei por essa via férrea. Fui e voltei, que ironia! Contemplei a sucessão de dormentes apodrecidos e senti um peso, uma sensação inexplicável, como se incontáveis olhos me observassem.

Soprava um vento morno e seco, estava muito quente em Auschwitz.

Subitamente, fui envolvido por vozes de crianças brincando. Pelos pregões de vendedores de frutas e roupas usadas. Pelo cheiro de bolos de mel, do pão preto de cevada e de arenques em conserva. A doce, chorosa e risonha música de um grupo *klezmer*, imemoriais músicos andarilhos, aproximou-se, era evidente que os artistas vinham dos Cárpatos. Cantavam todas alegrias e tristezas do mundo. Eu contemplei aqueles saltimbancos tocando violinos, tambores, pandeiros, clarinetas, balalaicas e sanfonas; estavam num carroção tirado por dois cavalos brancos, as crinas entrelaçadas com flores silvestres.

INTRÓITO

Adentraram ao campo, a carroça virou vagão e seus ocupantes, esqueletos descarnados e emudecidos. Um cantor solitário entoava uma prece numa sinagoga queimada. Uma fila de judias de Salônica aguardava, junto às portas de uma clínica local, o momento de serem trucidadas pelo médico do dia. Outra fila de judias se aglomerava, aguardando a vez de comprar batatas, numa banca de feira. Ciganos se arrastavam, pés inchados, as mulheres com as saias coloridas rasgadas. Elegantes habitantes de Budapeste eram desembarcados a pontapés dos vagões de transporte de gado e jogados diretamente nas câmaras de gás. Os trens chegavam sem cessar; senti os dormentes da via férrea vibrarem sob meus pés. Tive que pular para não ser atropelado. A plataforma de desembarque se coalhou de pessoas e restos de pessoas.

Nada encontrei que demonstrasse a passagem de Isaac Ben Maimon por ali.

Era um dia muito claro, céu azul esmaecido, com poucas nuvens.

Nessa visita, fotografei, de todos os ângulos, coisas e pessoas.

Quando revelei as fotos, surpreendi-me com a imagem de dona Guenia, absolutamente cinzenta, projetada no céu azul de Auschwitz, atrás das guaritas e construções.

MEMORIAL DE UM

VIDA E MORTE DE ISAAC BEN MAIMON, FÍSICO-MÉDICO

Capítulo I

praça da matriz

1

Praça da Matriz. Às minhas costas, a igreja, paredes sujas e descascadas. À frente, o arvoredo. Calor intenso, ar irrespirável. Entre colunas de fumaça, contemplo um desfile. Pessoas flutuam. Muitas. Uma fila, todos olham para a frente e, quando passam por mim, viram-se e me encaram. Andam lentamente, desatentos. Ou curiosos. Levitam. Murmuram palavras e silêncios.

Vejo uma magricela cabeluda, nunca soube seu nome, ar idiota e sonso, só o ar, lembro-me de que amealhou uma fortuna através de casamentos por interesse, caminhar com preguiça. Veste um modelo da grife gucciprixunique, valor declarado de 2.500 dólares o metro quadrado de pano, comprado, abençoado e ungido em Amsterdam, na loja de um rabino ortodoxo e milagreiro, comerciante de panos e urdiduras raras, afora o feitio, que custou outros 8.000 dólares, estes cobrados por famoso costureiro paulista. O vestido entrou no folclore familiar, pelo seu custo e mau gosto absurdos, mais parecia uma cortina apodrecida. Ela o desfilou numa recepção, nariz de cangaceira empinado, ajaezada com finas jóias, até que foi atingida por uma bandeja de filé mignon com molho Madeira, encharcando-se dos ombros ao períneo, passando horas e horas retirando fragmentos de cogumelo enroscados nos pêlos pubianos e adentrados pelo rego.

Murmura para a filha, enquanto alisa o crucifixo, pendurado à frente de uma estrela de Davi convenientemente disfarçada em símbolo dos cervejeiros:

— Viu como mamãe é esperta? Fingiu que não conhecia mais esse cara! Assim me livrei de complicações. Tem gente de quem é preciso distância. Somos da verdadeira fé! Eles não valem nada!

A filha balbucia:

— Me compra um sorvete de rabanete, mãe?

Um "ploc". Seco, explosivo. Nunca ouvi tal ruído.

Passa o Beto, colega de profissão. Olhar irônico, o mesmo que exibiu no enterro da mãe, parecia dizer:

— E aí, panacas! se vieram me ver chorar, estão enganados. Vão me ver rir!

E passou todo o tempo do ato fúnebre, contando piadas escabrosas e de sacanagem. Ele me contempla, gesticula, fala palavras mudas, nada ouço.

Messalina! As coisas estão fora dos eixos, seguramente ela já morreu. Quanto tempo vive um cão? Dez, talvez doze anos?

Ela me fareja, tem cor castanha amarelada, lambe meus pés, abana alegremente a cauda. Já se vão quarenta anos, ela foi trazida numa carrocinha da Prefeitura, veio para o hospital escola, junto com os cães recolhidos nas ruas que nos eram entregues para serem usados na cirurgia experimental. Desceu do carro em meio ao barulhento bando e escapuliu. Ficou morando nas vizinhanças do hospital. Anos a fio, lá pelas dez horas da manhã, ela entrava e se alojava no fundo da sala de reuniões da clínica médica e lá ficava. Acho que se embalava e adormecia com o som de nossas vozes que discutiam os casos. Ganhou o nome da imperatriz após emprenhar pela quinta vez, seus cios eram disputados por todos os cães do bairro.

Que fazem aqui?

Jorra música. A multidão aplaude e segue, dançando, a charanga e os artistas.

O circo vem aí!

Surgem encantadores de serpente, repentistas, sobreviventes de campos de concentração. Desfilam em cordões e blocos, cada qual com um estandarte alusivo. O dos sobreviventes é uma pratada de macarrão, trigo sarraceno e frango cozido com pedaços de cenoura, o dos direitistas é um chicote, os esquerdistas levam pedidos de empregos públicos.

Sobre um carro alegórico flameja *miss* Espanha 1498, ex-linda morena, agora pálida e cérea, é a cor que se adivinha nos raros locais em que não há hematomas, equimoses, lacerações, hemartroses, fraturas expostas, fístulas, crostas, cicatrizes e outras conseqüências das porradas, queimaduras e outras carícias que recebeu de seminaristas, frades, monsenhores, manobristas de veículos, marreteiros, feirantes e demais defensores intransigentes da fé. Um tanto quanto desarticulada e desmontada pelo tratamento embelezador a que foi submetida. Seu olho esquerdo foi enucleado por uma tenaz, o operador da ferramenta era um aprendiz que apenas pretendia arrancar suas pálpebras, era sua primeira operação do gênero, nem havia prestado os exames finais para Ginecologista Torturador. O direito tem um descolamento traumático da retina, mas não tem a menor importância, está aí para ser vista e não para ver!

Veste um mini-sambenito[1] transparente, decotadíssimo e erótico, seus lindos seios empinados cantam o *Cântico dos Cânticos*, versão integral, sem interpretações moralistas nem expurgos de intérpretes e tradutores: "...já despi a minha túnica, hei de vesti-la outra vez?... o meu amado é alvo e rosado, o mais distinguido entre dez mil, sua cabeça é como o ouro mais apurado, seus cabelos, cachos de palmeiras, são pretos como o corvo... suas mãos, cilindros de ouro, embutidos de jacintos; seu ventre, alvo marfim coberto de safiras... eu sou do meu amado e meu amado é meu, ele pastoreia entre os lírios... vem depressa, amado meu, faz-te semelhante ao gamo ou ao filhote da gazela..."

Dos mamilos róseos e ingurgitados jorram notas musicais, um gêiser lácteo sobe pelos ares. Um pudico esquadrão de dominicanos tenta abafar o maravilhoso e tesudérrimo esguicho branco, mas são atirados para os lados por sua força e impacto.

Adivinhos de tarô e búzios e ledores do futuro adivinham e lêem. As tarólogas viram as cartas, consultam livros, enciclopédias e a Internet dos magos, prevêem boa sorte e felicidade eternas; as jogadoras dos búzios olham a disposição das pedras que atiraram, antevêem tragédias e dias negros. Em quem acreditar? Lindas acrobatas executam saltos mortais e vitais, e contorcionistas, nádegas salientes e musculosas coxas se contorcem.

Hitler, de pernas-de-pau, enrosca a cabeça nos fios elétricos de um poste e, por um instante, ilumina o mundo com descargas azuladas.

Mussolini aparece, *partiggiani*-domadores o arrastam por uma corda que o prende numa argola atravessada na cartilagem nasal, calças bombachas arriadas Vem sentado numa privada móvel com rodinhas de rolemã, come os próprios suspensórios, confeccionados em autêntica mussarela. Brada:

— *Forza!* — e apregoa as qualidades do óleo de rícino: — Melhor que couve brócoli, o infiel sai pelas próprias tripas!

Um fascista local vestido de palhaço canta uma serenata antitudo, acompanhado por um regional caipira. Em seguida, sobe num barril e recita um trecho das *Ordenações Manuelinas*[2] também conhecidas como código de Além Tejo-Wansee[3]. Pigarreia e solta o verbo: "...até por todo o mez d'outubro do anno do Nacimento do Nosso Senhor de 1497, todos os Judeos e Mouros forros que em Nossos Reynos, ouuer, se saiam fora delle, sob pena de morte natural, e perder as fazendas para quem os acusar. E qualquer pessoa que passado o dito tempo tever escondido algum Judeo, ou Mouro forro, por este mesmo feito Queremos que perca sua fazenda e bens, pra quem ousar...", a tampa do barril afunda e ele mergulha num mar de pepinos em conserva. O que havia de novo em Nuremberg?, penso.

A gorda mulher-barbuda, gigantesca, pregueada e celulítica bunda de lutadora de sumô, calcinhas sungadas entre as coxas, faz um reverência em minha direção, suas tetas elefantinas desabam e racham a calçada, depila-se e se transforma em magérrima e anoréxica bailarina do Bolshoi, executa consagrados movimentos do segundo ato do *Lago dos Cisnes*, cena da sedução do caçador, mas cai sobre ele e o esmaga. Elefantes caminham enfileirados, o de trás agarra o rabo do da frente com a tromba; ursos de camisetas listradas de marinheiro revivem a revolta do Encouraçado Potemkim, com Eiseistein, carne podre, vermes e tudo, só falta o carro de bebê despencando pela escadaria. Ursinhas com vestidinhos de organdi dançam uma alegre rumba. Cães amestrados equilibram-se em bolas, uma fox paulistinha executa piruetas duplas e triplas. A cigana da *buena dicha* sorri, dentes de ouro, boca cintilante de mentiras e ilusões. Vem até mim, avalia as linhas da minha mão:

— Aproveite, gentil caballero, es el derradero circo!

O calor aumenta, outro "ploc", este foi próximo, cai uma substância gosmenta e meio frita nas minhas costas. Passa gente morta. Gente viva. Gente morta que pensa estar viva. Será um sonho?

Frases estereotipadas da sabedoria, da imbecilidade, do bom senso e do conformismo me vêm à mente: Deus ajuda a quem cedo madruga, de grão em grão a galinha enche o papo, mais vale um pássaro na mão que dois voando, água mole em pedra dura tanto bate até que fura, quem ri por último ri melhor, o rato roeu a roda do carro do Rei de Roma, se merda valesse dinheiro pobre nascia sem cu, é mais fácil um camelo passar pelo buraco de uma agulha que um rico entrar no reino dos céus — porque diabos um camelo passaria pelo buraco de uma agulha? —, sê como o sândalo que perfuma o machado que o fere, amarás pai e mãe, não cobiçarás a mulher do próximo.

A fumaça fere minha garganta.

Capítulo II

Santa Inquisição

1

1495. D. Manuel, El-Rey de Portugal, telefona para El-Rey Fernando da Espanha. Quer acertar os detalhes finais do dote, seus valores, espécie e prazos de doação. Vai se casar, em breve, com a herdeira do Trono de Castela e Aragão, filha de Fernando. Após anos de discussão, as negociações chegaram à fase final, restando discutir questões de pequena monta e importância, quem doará as toalhas de mesa e banho, quem pagará as bebidas do banquete nupcial? De quem comprar os arranjos florais decorativos para a cerimônia na Catedral, como dividir as terras que vem sendo descobertas no Atlântico, de quanto será a mesada dos nubentes? O que fazer dos mouros e judeus que infectam a península e que tanto incomodam, com sua mera presença, a real família hispânica e, desde que a jovem noiva era descabaçada pois casada havia sido com o irmão do atual noivo, em quanto a falta do hímen deprecia o dote etc.

— Alô! Fernando? A ligação está péssima. Como vai? Por que demorou tanto para atender?

— Manoel, é incrível, você só liga quando estou no banheiro! Comi um *tchulent*[4], preparado por nossa cozinheira-chefe, Golda e...

— Não acredito! Ela é judia?

— Evidente que é, senão como prepararia tal prato? Agora é boa e fiel conversa. Mas exagerou na pimenta. Para ser franco, estou me borrando todo. Acho que trombosei meu rabo todo, estou com hemorróidas até os calcanhares! E aí?

— Estimo melhoras. Pois é, Fernando, liguei para fecharmos os dotes. Não posso te dar o Tejo como está no protocolo de intenções, mas poderemos fazer um canal entre ele e o Ebro. Meus engenheiros ex-mouros e ex-judeus garantiram que é fácil.

— Nem pensar! Meus teólogos declararam que se Deus quisesse que eles se comunicassem, não os teria feito separados durante a Criação, argumento que me convenceu! Que tal a produção de azeitonas do ano que vem?

— Rei, essas coisas estão indo longe demais! Teus assessores pensam que sou o dono único da Caverna de Ali Babá! Pensando bem, posso até dar as azeitonas para a tua filha, os campônios e nobres rurais que se danem! Mas eu quero os teus judeus!

— Fechado! Mas, não vou mandar minha cozinheira, ela é ótima. Mandarei preparar os documentos de troca-troca. Quero uma arroba de azeitonas frescas por marrano.

— É injusto! No máximo, sete porções por cabeça de judeu. E que cheguem aqui com o saber e a grana que têm!
— Fechado, mas que sejam sem caroço. Quando posso despachá-los?
— Pode começar hoje. Adeusinho, felicidades, cuida-te.
— Um beijinho na Isabel.
— Mãe ou filha?
— Nas duas, claro, beijos nas Isabéis, ah! ah! ah!!
Despedem-se.
Fernando, que desde essa data recebeu o epíteto de *El Guerrero del Culo Rojo*, pergunta a seu assessor de economia:
— Por que ele disse, quero teus judeus, se eles já se estão mudando para Portugal? Acho que quer todos. O que esse homem vai fazer com mais de cem mil hebreus? Adubo? Nós nos esforçamos para eliminá-los, ele os quer!
— É evidente, majestade, vai usá-los para povoar as terras que estão descobrindo, ao sul. Com a permissão de Vossência, Iluminado, Sapientíssimo Primeiro e Único Senhor, nossos espiões sabem dessas terras atlânticas, extensas e ricas. Em breve, anunciarão a descoberta! Ora, Portugal é um país pequeno, como poderia colonizar uma terra que dizem conter ouro, madeiras, araras e outras preciosidades? Se para lá deslocar seus habitantes, será a ruína do reino, que já não anda bem das pernas. Não convém à Coroa de Castela um genro pobre! Também acho que é tempo e hora de dividir tudo que venha a ser descoberto! Ou tomaremos um nabo colossal. Com sua insigne e honrada permissão, julgo que chegou o momento de sacramentar e acionar o Tratado de Tordesilhas, antes que o malandro de seu futuro genro o faça em seu favor.

Joaquina, a Anta, amiguinha íntima do Rey Manuel, entra com uma bandeja de frutas peninsulares e Manuel desabafa:

— Ainda bem que ele não perguntou mais nada! Como explicar que os judeus serão despachados para as terras novas? Até o navegador das caravelas é cristão-novo[5], judaizante ou judeu, não tenho certeza. Lembra-te do Gaspar de Lemos?, agora seu sobrenome é da Gama, foi adotado pelo Vasco, os marujos dizem que os dois, bem!, afinal como ficar tantos meses num navio sem mulheres? Alguém tem que soltar a rosca. Mas os homens do mar me garantiram que sua presença no comando é essencial, pois esse Cabral é capaz de dar com as naus nas costas d'África. Onde encontrar brancos preparados, cristãos, nem que novos?

O dote está acertado, o desdentado do teu filho, caramba!, herdou a tua boca, até o mau hálito, terá uma madrasta e tanto, vou conservá-lo comigo e treiná-lo para pajem. Você também será a chefe da cozinha real, mas é bom aprender a cozinhar! E mascar hortelã para disfarçar esse cheiro de urubu. Será que essa Míriam que você comprou no mercado de escravos semitas não poderia preparar uns pratinhos típicos? Esse *tchulent* me deixou com água na boca!

2

1536. Grande Reunião de El-Rey D. João III, Sábios, Conselheiros e Autoridades Eclesiásticas, bem como ministros, assessores, secretárias, fidalgos[6] e fidutas[7].

Estão no Salão Lisboeta das Grandes Decisões, engalanados com trajes de cetim branco, símbolo da importância do encontro. Do lado de fora, utilizando-se dos modernos recursos da escuta eletrônica e da antiga e eficaz técnica de olhar e ouvir por frestas disfarçadas nas paredes ou mesmo pelos buracos das fechaduras, verdadeira multidão de espias da França, Espanha e Holanda, enviados papais, cristãos-novos disfarçados em peixeiros, um rabino disfarçado de rabino, ninguém lhe dá atenção, pois não é possível acreditar que um rabino possa ser tão desvairado, cristãos-velhos de ar truculento, até um protestante com roupa de escudeiro, a tudo ouvem e passam informações a suas chefias. As decisões que estão sendo tomadas afetarão profundamente os rumos da economia e da política dos próximos séculos. Fornecedores de lenha, breu, machados e chicotes discutem e apostam num aquecimento dos negócios. As cotações das ações da Companhia das Índias Ocidentais sobem e baixam, ao sabor dos rumores. Fortunas trocam de mãos em instantes. Esses judeus especuladores! Também os confeccionistas de sambenitos se animam com os rumores, pois os negócios andam em crise, o pano está sobrando nos depósitos.

— Se tudo rolar certo, vou propor que os sambenitos sejam longos e com uma capa — diz uma fabricante de tecidos.

— E por que não obrigar os portadores a usar um modelito diferente cada dia da semana? — complementa um costureiro.

Não existiam mais judeus em Portugal, foram todos convertidos e transformados em cristãos-novos.

D. João III (filho e herdeiro do Rey Manuel):
— Explica de novo.
Autoridade Eclesiástica:

— Majestade, é claro e simples, qualquer idiota pode compreender! Recebemos a escória da raça humana, esses amaldiçoados judeus, em nosso reino. Vosso ilustre pai, que Deus o tenha no Real Paraíso!, deu um tempinho para que se acomodassem. Ingenuamente, com perdão do termo, mas homem tão bom e puro era, quis transformá-los em pessoas como nós. Logo percebeu o engano cometido. Recebemos gente que não era elite como nós, nem escumalha como nossa plebe rude. Pode parecer incrível, mas ameaçam tanto a plebe quanto a elite! Qual a classe social deles? Ninguém conseguiu definir. Evidentemente, foi-lhes cobrada uma taxa de entrada, muito rendosa aos cofres públicos, se bem que muitos dos que aqui chegaram utilizaram via escusa e gratuita, na escuridão da noite!

São gente industriosa — malditos sejam! — e trabalhadores — que sejam malditos. Em pouco tempo adquiriram bens e posição, pode-se dizer que estão em excelente saúde financeira...

João:

— E daí?

Futuro Inquisidor:

—...já é hora, Majestade, de começar as perseguições. Bem conheceis o mecanismo. Um *pogrom*[8] aqui, uma matança ali, uns incêndios de origem desconhecida, cobrança de taxas de moradia e de trabalho — de proteção contra roubos e raptos — habitarão as velhas judiarias[9]. Para adquirir este direito pagarão um imposto; claro, os mais abonados poderão morar nos recantos de luxo. Mediante pagamento extra. Usarão roupa que os distinga dos demais cidadãos, como é de uso nos países civilizados. Ora, esse traje só será encontrado nos armazéns do Reyno, pelo preço que nós fixarmos. E marcas distintivas: estrelas a serem cosidas na lapela, braçadeiras, chapéus, chifres. Que tenham esnogas[10] clandestinas, desde que, oficialmente, não há mais judeus... Mas que paguem por esse direito! Eles são criptojudeus, cristãos-novos por decreto. Podem ser acusados de qualquer coisa! De heresia, por exemplo; pouco importa que tenham uma religião e que seu Deus seja o mesmo que adoramos — bendito seja seu nome! São médicos de primeira categoria, mas podem ser acusados de envenenar nosso sangue de cristãos-velhos. De bruxaria. Bigamia. Sodomia. Acúmulo ilegal de bens. Profanação. Imoralidade. Contrabando. Tráfico de brancas. Cafetinagem. De não reconhecer a Santíssima Trindade. De se lavarem. De se sujarem. De não comerem carne de porco. De gostar de carpas.

Porra, majestade, não passam de judeus e a cristandade só fez cagar-lhes em cima!

Morrem das mesmas doenças que nós, plantam os mesmos grãos, na mesma terra, colhem com as mesmas colhedeiras. Bebem o leite que bebemos, tirados das mesmas vacas; na verdade, compramos leite e queijo de uns produtores hebreus. Cuidadosos ao extremo. Um prazer ver como tratam e ordenham seus animais. Imagine Alteza, permitem que descansem aos sábados!

Têm a mesma ânsia de vida tranqüila. Desejam sucesso e riqueza para os filhos. Como as nossas, suas mulheres morrem nos partos prolongados. Por vezes seus infantes não sobrevivem às moléstias e febres. O Doutor Clauberg[11], agente do Santo Ofício Internacional na vizinha Germânia, está usando judias para seus experimentos de esterilização. É evidente que as mata ao final. Ele as tem aos montes, um criador de tormentos não sonhados, injeta pasta de bário no útero das mulheres. Sem nenhuma analgesia. Elas ficam estéreis, acordadas e tomando porradas se reclamarem. Quem sabe poderemos fazer coisa semelhante?, podemos usar creme de favas e tremoços. Temos tantos! Se se utilizam hebréias, é claro como o vinho do Algarve, é porque são semelhantes às nossas cristãs. Apenas quanto ao funcionamento dos órgãos, é lógico.

Eles ganham e perdem na bolsa, como todos, mas se os mercados de valores caem, a culpa será dos especuladores internacionais semitas, hereges e renitentes, como sabe qualquer cretino freqüentador de botequim. Sua culpa será aceita pela plebe rude, seja por tradição, seja por medo atávico, sem dúvidas ou discussões. Pela elite invejosa e interessada na sua fortuna e bens. Invejados, mas temidos. Sábios, mas frágeis, tanto que país eles não têm e daquele que um dia tiveram foram expulsos. Bípedes e onívoros, mas portadores de estranhamentos, todos apreciamos um bagre na brasa, eles não o comem, alegando que tal peixe não tem escamas. De maneira infeliz, talvez sem intenção, incutem sentimentos de diferença e inferioridade nos vizinhos, pois até o hábito de não comer carne de porco, que poderia passar despercebido, foi discutido a tal extremo que os comedores do pitéu, e todos o somos!, sentem-se, se não pecadores, pelo menos incorrendo em algum erro.

São os "outros". Por definição, carregam todos os defeitos que jamais tivemos ou teremos. Não é maravilhoso?

João:

— Magnífico discurso, mas para que tanto trabalho?

Quase Inquisidor:

— Majestade! Todo o dinheiro ganho, possuído e guardado por esses marranos[12] será confiscado e virá às nossas mãos! Fugiram da Espanha, com uma mão na frente e outra atrás, afora o que conseguiram carregar, e asseguro que foi muito. Em poucos anos ganharão tudo que lhes será roub..., perdão, confiscado e mais um pouco. Vale a pena montar toda uma parafernália, com o maior número de funcionários possível! Retiraremos das ruas a multidão boçal que vive de assaltos, importunando a boa paz dos cidadãos pagadores de impostos. Nossa ralé será transformada em fiéis servidores públicos. É a modernidade que chega.

Temos a massa de susceptíveis, temos o vírus: a heresia! Só nós temos a cura! Mas o doente não precisa ser curado. Apenas paga pelo tratamento. A nós! Que não perguntaremos se querem ou não ser tratados! Pagarão alto preço, tudo que lhes acontecer, desde a prisão até o julgamento; os salários dos torturadores, provedores, carcereiros, carrascos, juízes, material de tormentos, lenha para as fogueiras... se Vossa Majestade me permite, temos a galinha dos ovos de ouro, mais que isso, a avestruz dos ovos de platina! Precisamos imediatamente da Inquisição em Portugal! E não agiremos como os espanhóis ou esses psicopatas assassinos alemães, que estão exterminando sua fonte de renda! Aqui os hebreus serão mantidos vivos e ferrados de quando em quando. Sempre terão ouro e bens que virão às nossas mãos.

João:

— Chega, você me convenceu. Perante este Cabildo, eu o nomeio Inquisidor, com um salário anual de 100$000 réis. Ou você prefere receber em moeda forte? Florins? Dinares? Mas faça-me o favor de deixar esses homens num estado físico razoável, vou precisar deles para colonizar as Terras de Vera Cruz e não quero uma legião de esquartejados. Alguns até em Angola, quem sabe? Tem mais, você e seus sequazes de batina vão responder à Coroa e não ao Papa, ele já têm grana demais e nós precisamos dela.

Inquisidor:

— Claro, Majestade, também os conventos apreciariam uma safra de jovens conversos e reeducados na verdadeira fé.

João (encerrando):

— Meu pai foi um sábio, deixou-me o terreno pronto e plano. Que instinto político! De saída, converteu os pequenos, tivemos uma safra de isaquinhos e saras. Morenos, loiros, ruivos. De graça! Espalhados por aí estão, como manuéis, joaquins, aparecidas. Em seguida, os de menos de vinte e quatro anos. Ou de vinte?, pouco importa. Logo depois, o Regimento do Batismo em Pé![13] Para evitar os problemas ocorridos nas terras de Castela e Aragão, onde os judeus e mouros, que permaneceram como tais, estavam e estão fora da alçada do Santo Ofício, cá foi feita coisa diversa. Foram todos convertidos. Na marra! Desta maneira, com uma penada, temos um estoque de novos cristãos, a quem poderemos vigiar, julgar, prender, matar. E tirar a pele e a grana! Pois.

3

1700. Carta do Prior Antônio Pereira Nogueira Rodrigues Campos Lobo Carvalho Cerejeira Macieira Pinto, Digno Chefe dos Serviços de Vigilância Sanitária e Inquisitorial no Reino do Brasil a seu Superior em Portugal:

São Paulo de Piratininga,

    Meu Superior,
    Recebi em pessoa a primeira leva oficial de cristãos-novos que aqui acostou. Mal pisaram a terra, esses novos entes procuraram por troncos e cipós, erigiram uma cruz e rezaram a missa do desembarque. Tinham celebradores experientes e paramentos novos em folha. São gente de índole alegre, mal terminaram o ato religioso, fizeram festiva refeição, após o que eliminaram sem qualquer pejo, antes com alegria, ruidosamente e pelas vias naturais, os gases que se formaram pela ingestão de quantidades elevadas de feijão preto temperado com alho. Os índios que lá estavam fugiram assustados com as imprevistas e peninsulares sonoridades. Diverti-me com o espetáculo, que me trouxe lembranças do banquete de minha ordenação, no qual ganhei o título de rei dos tufões.
    Em seguida, vieram, em boa ordem e enfileirados, ter a mim, que os conferi, cabeça por cabeça. Encontrei machos e fêmeas bem nutridos e dispostos, dentição sadia, os rebentos risonhos e brincalhões, rosados como marranos — que são!
    — nenhum, posso assegurar, mesmo os que nasceram durante a viagem, com as marcas do rito de Abraão, todos falantes e alegres. Seu líder, após entregar-me a certidão de posse das terras emitida e assinada por El-Rey, perguntou com insistência quando iniciariam seu trabalho, pois para isso vieram e queriam começar de imediato. Respondi que em breve seriam alojados nas glebas que lhes foram reservadas.
    Já à noite, reuni-me com os varões, na nova igreja de taipa, motivo de orgulho, pois que não custou um puto de mão-de-obra, construída que foi pelos arborícolas. Fiz-lhes uma prédica,

uma prece de boas vindas e atentei da maneira com que faziam o sinal da cruz, bem como se pronunciavam com clareza toda a reza. Dir-se-iam seminaristas, tão precisos e devotos foram! Foi decidido que essa leva será distribuída nos arredores dos distritos próximos em terras e fazendas, onde terão direito e posse de escravos negros, índios, bois e porcos. É evidente que a vigilância sobre eles não arrefecerá e antevejo esta região mui próspera e rica em algumas décadas.

Um certo Capitão Oliveira Pinheiro Machado, como seus pares, titulado por Sua Majestade, mal colocou o olhar sobre as negras que lhe foram atribuídas, pediu licença, dizendo que queria inspecioná-las, e se afundou na mata acompanhado de umas dez espécimes, só retornando na manhã seguinte, descabelado, com marcas de unhadas nas costas e com fundas olheiras, já o considerava devorado por uma onça pintada, animal que aqui abunda e que tem linda pelagem. Desculpou-se, afirmou que perdeu o caminho da volta, as negras riam de maneira maliciosa e sensual e abraçavam e acariciavam o dito capitão mostrando sinais de intimidade e gosto, e após alguns meses estavam todas prenhas e barrigudas e eu me regozijei, pois estas terras precisam de um grande número de pessoas. Nem que amulatadas.

Esses descendentes de Moisés adquiriram o comportamento dos cristãos-velhos. Alguns começaram a perder os dentes por apodrecimento de tanto chuparem cana e inúmeros tornaram-se alcoólatras contumazes e grandes apreciadores da branquinha. Igual a nós! Que bom trabalho fizestes! Glória! Hosana!

Outro, um Capitão Oliveira Nunes Xavier, chegou com dez filhos, todos machos, afirmou que apreciaria que lhe fossem doadas apenas escravas fêmeas, maiores de dez anos, em pouco tempo ele e os filhos criariam o maior entreposto de mulatos e mulatas da região, que poderiam ser vendidos a bom preço, pois se abateria o custo do transporte marítimo desde a África. Até me ofereceu participação nos lucros da futura empresa. Rogo a V. Excia. se poderei aceitar tal oferta. Um criatório de escravos! Temo atravessar e prejudicar o negócio de algum membro de nossa ordem porventura faturando no transporte dos referidos negros.

Surgiram problemas desusados, pois algumas mulheres queriam banhos e eu lhes expliquei que as mulheres da terra não se lavam ou o fazem de maneira íntima e reservada. Também disse que essa atitude pública de clamar pela limpeza poderia atiçar o ódio da população local, não habituada a tal luxo e costume estranhos, que não fossem diferentes das demais e que nunca se esquecessem de que eram conversas ou filhas ou netas de conversas, sujeitas a olhares e pensamentos esquivos dos cristãos-velhos, muitíssimo puros, mesmo sendo degredados por atos de assassinato ou afanação.

Estou reunindo carroças, bois e barcos para o transporte de tais elementos. Partiremos amanhã pela madrugada para evitar a inclemência do sol. Acho que em quatro dias chegaremos a nosso destino.

Comuniquei a meu confessor, mas quero que V. Excia. participe, de como é difícil manter a castidade nestes páramos. Um irmão de ordem, o único num raio de 1000 léguas, amigou-se abertamente com uma índia rechonchuda e gorda e o vulgo comenta que ele também aprecia mulas como companheiras de cama. Deve ser devido ao clima ou à latitude, pois o referido irmão é um homem de verdadeira crença, nos nossos tempos de seminário, sempre que tinha um pensamento impuro, mortificava-se e purificava-se com o uso de afiado silício, além de se fustigar com um chicote rabo-de-gato.

Tão longe da Metrópole, tão perto do pecado! Eu mesmo quase sucumbi ao vício solitário, que nestas plagas é chamado de punheta. Há quem use melancia ou mamão como parceira. Tenho estado aterrorizado, pois se uma dessas frutas emprenhar, que espécime nascerá?, mas pensamentos edificantes e banhos gelados me trouxeram de volta à razão.

Que não se repita o exemplo de Caramuru, apelido de Diogo Alvarez Correia, imagine, casou-se com uma índia, uma tal Paraguaçu. O vulgo já fala que existem índios com o prepúcio removido! Chegaram notícias desagradáveis sobre a conduta de um certo João Ramalho, homem que reside num local ermo e desolado, chamado de São Bernardo da Borda do Campo. Parece que ele refutou a fé e aliou-se com os índios locais. Serão esses bugres indolentes uma tribo perdida de Israel? Investigarei se necessário for, mas já se vê que a vigilância não pode ser afrouxada, de outro modo seria o caos e a volta dos hereges.

Por vezes sonho; é um pesadelo apavorante que insiste em se repetir: vejo-me completamente nu e desprotegido em meio à imensa judiaria. Meu redundante prepúcio parece um casaco por demais longo envolvendo a chapeleta e eu tento escondê-lo. É absurdo, como se a velha Toledo tivesse sido transportada para esta São Paulo de Piratininga! Ando pela Rua Samuel Halevi, os vendedores de objetos rituais (satânicos!) e de guloseimas (ótimas!) ainda não montaram suas barraquinhas, é começo do dia, o sol mal doura o teto do Alcazar, os moradores despejam pelas janelas os penicos que usaram à noite, os respingos dos dejetos me atingem, eu pulo pelos lados, tentando evitar os fétidos projéteis. Estou só, não há alma cristã ou pagã à vista. De um lado, o mar bravio e mutante, repleto de cardumes de leviatãs barbudos, esfomeados e pantagruélicos, todos circuncidados. Do outro, montanhas intransponíveis de tão íngremes que são recobertas por densa e sombria mata, repleta de feras e seres quiméricos: índios com abacates no lugar da cabeça, judeus musculosos com longos cafetãs negros e chapéus de pele de raposa, com rabos de réptil no final da espinhela e farpudos ananases no lugar dos braços, não me permitem entrever um caminho de fuga. Acordo banhado em suor e medo, pois se esses judeus-quimera dos meus pesadelos resolverem vingar-se, como quase aconteceu na última vez que sonhei, suas mulheres me cuspiam e as crianças me apedrejavam, estarei, com certeza, coitado e mal pago.

Nestes tristes trópicos, perdoe-me V. Excia. a gálica expressão, tenho ouvido no confessionário, além das habituais baboseiras sobre pecadilhos de alcova, os fiéis comem a bundinha das esposas ou traçam suas vizinhas e vêm pedir que lhes recomende uma penitência (desgraçados, querem mesmo é se exibir!), confissões inusitadas, sei lá se fragmentos de verdades tão novas que nem parecem verdadeiras ou de desvairadas fantasias. Relatos confusos que me deixam, mor das vezes, sem resposta ou conselho adequados. Que dizer a um desses recém-chegados, que afirmou, espantadíssimo — não é homem de mentir —, que ao nadar num rio, foi enfeitiçado por um peixe sereia de longos cabelos e fartos seios? Ele já ia mergulhando, desligado de tudo, em busca dos prazeres que vislumbrou em tão bela e natatória criatura, quando um índio arrancou-o das águas gritando:

— Boto! Boto!

De seu fiel servidor, Antônio P. C. M.

4

1938. Os Familiares do Santo Ofício[14].
Mario Moreira da Silva, do Consulado Geral do Brasil em Budapeste, escreve a Oswaldo Aranha, Ministro de Estado das Relações Exteriores do Brasil:

"Número 42 SECRETO
Acolhimento aos Refugiados Políticos da Áustria.
A Questão Judaica.

Senhor Ministro,
Os jornaes daqui, conforme Vossa Excelência verá pelo recorte annexo do "Poster Loyd", edição da noite, de 29 de Março próximo findo, trazem a notícia... de que o Governo brasileiro está inclinado a dar a sua adhesão à proposta americana... destinada a providenciar sobre o acolhimento dos refugiados políticos... Óra, Senhor Ministro, posso assegurar a Vossa Excelência, com perfeito conhecimento de causa, por ter vivido na Áustria por mais de três annos, que 95% desses fugitivos são judeus, de fórma que se trata, na hypothese, de saber si deveremos ou não receber essa espécie de immigrantes. O Governo brasileiro, pela Circular-secreta às Missões Diplomáticas e Consulados número 1127, de 7 de Junho de 1937 — que penso que não deve ser revogada, já estabeleceu restrições à entrada e permanência dos semitas no Brasil, fazendo-o de maneira muito razoável e humana, isto é, mantendo, com todas as garantias, os que já se encontravam, por meios regulares, em território brasileiro... Mas a entrada de elementos novos ficou perfeitamente fechada... Está provado que os judeus — embora possuam, isoladamente, elementos bons —, são, em comunidade, assáz perniciosos, e por tal fórma agem, que são tratados, nas suas próprias pátrias de nascimento, como indivíduos nocivos, indesejáveis mesmo, contra os quaes se decretam toda sorte de restrições,

com um unico objectivo: vel-os partir. Em quase todos os países da Europa — não falando da Allemanha, onde as restrições são do maior rigor —, os judeus já não podem exercer cargos publicos, são prohibidos de ingressar no quadro de officiaes das classes armadas, só uma limitada porcentagem tem matricula nas Universidades, e aqui na Hungria, por decisão recente, foram mesmo excluidos da lista dos fornecedores do Estado... É bem verdade que o Brasil precisa, — e cada vez mais, dado seu vertiginoso crescimento —, de braços, mas de braços sãos, braços amigos, braços que nos auxiliem realmente a progredir, nunca, porém, braços parasitas, inassimilaveis, que só sabem trabalhar — sem o menor escrúpulo e só visando o lucro — como intermediários de negócios, nada produzindo de util... — deveremos, Senhor Ministro, quanto antes, —... crear restrições aos semitas domiciliados no Brasil, evitando-se... que elles venham a se tornar brasileiros, e com direito, portanto, a aspirar cargos a publicos... Com relação, porém, aos elementos não-judeus, que desejem, por motivos politicos, ir para o Brasil, sou da opinião que deveremos amparal-os, dando-lhes todas as possiveis facilidades...

M. M. da Silva[15]"

Carta-ofício de Oswaldo Aranha, ministro de Estado das Relações Exteriores, para Adhemar de Barros Filho, interventor federal no Estado de São Paulo.

"CONFIDENCIAL

Como Vossa Excelência não ignora, o povoamento de território nacional constitue uma das grandes preocupações do Governo brasileiro e seria supérfluo acentuar a relevância dêsse assunto ao Interventor do Estado de São Paulo... Necessitamos, entretanto, de correntes imigratórias que venham lavrar o sólo, ao mesmo tempo que se identifiquem com o ambiente brasileiro, não constituindo, jamais, elementos subversivos ou dissolventes e com tendências a gerar quistos raciais, verdadeiros corpos estranhos no organismo nacional, tal como acontece com os israelitas e os japoneses... Essas poucas considerações preliminares me foram inspiradas pelo fato de se haver apresentado, há dias neste Ministério, o Sr. F. Z., israelita, austríaco, naturalizado brasileiro, que, dizendo-se Auditor da Polícia Militar dêsse Estado, encaminhou cêrca de 300 requerimentos de israelitas, residentes nêsse Estado... Causou-me estranheza que um auditor da Polícia Militar se constituisse em advogado da comunidade israelita... despertando com tal proceder justas suspeitas da existência de um "Getto" já em formação nessa Capital... o Sr F. Z...., aqui chegado há 14 anos e falando deficientemente o português, logrou conquistar situação de relativo destaque na administração estadual, circunstância essa que parece provar, até certo ponto, a influência da comunidade israelita... Não deixaria de solicitar, ainda, a atenção de Vossa Excelência para os anexos... pois que contêm êles diversas delarações de "permanência legal" no país, concedidas pela Polícia paulista, da qual êle faz parte... evidentemente, obtidas por alguma influência estranha e poderosa... há, ainda, a suspeita de que membros da família Z.... hajam desembarcado em Santos, apesar de não terem obtido o "visto" do Consulado de Viena... Rogaria... a Vossa Excelência que se dignasse... no sentido de averiguar, junto às autoridades competentes, se, realmente, membros da família... lograram desembarcar naquele pôrto... e com que fundamento legal... Estou certo de que Vossa Excelência compreenderá o intuito patriótico destas linhas..."[16]

(a) Oswaldo Aranha"[17]

Capítulo III

amigos

1

"Amigos" compreensivos, orientadores espirituais, primos, cunhados e outros malandros me cercam e insistem para que eu aceite tudo o que os santos inquisidores e demais autoridades oferecem: a salvação, a cruz, portanto a morte pelo garrote, e quem sabe, se eu simular suficiente sinceridade, uma dose tripla de pentotal na veia.

— O que custa comer uma hóstia? — pergunta o idiota habitual, um baixinho alcoólatra, que me afirmou, com orgulho, "torcer" por Israel na guerra dos sete dias de 1964 contra o Iraque, quando os israelenses tomaram Leningrado.

— Não houve guerra em 64, mas sim, em 67, durou seis dias, não foi contra o Iraque; Leningrado é uma cidade russa que resistiu, bravamente, a prolongado cerco, na Segunda Guerra Mundial, na década de 40. Além do mais, prefiro um sanduíche de queijo.

— E daí? Que seja em outro ano e outro local, torci pelo general birolho, do mesmo jeito.

— O general era caolho, e não birolho.

— O que custa ser fascista? — pergunta outro —, faça como eu, entrei no partido e meus ganhos triplicaram! Basta fingir. Se você soubesse quantos dos teus patrícios aderiram ao fascismo, iria ficar surpreso. Então, decida-se!

— Por que você não aceita a fé da maioria? Saiba que frei Francisco Vitória chegou a Arcebispo do México! Era de família judia de tradição, hebreu por todos os costados. Tanto poder adquiriu que chegou a excomungar um governador. Estudou em conventos, entrou na Ordem dos Dominicanos. Foi até Bispo de Tucumã! E o Lustiger?[18] Arcebispo de Paris, com o pau cortado e tudo! Sujeito importantíssimo! Mãe transformada em ciscos e fumaça! Você se considera melhor do que eles? Por que esse orgulho ridículo?

— Siga os ensinamentos do rabino Pastrami e você será salvo.

— Reconheça a Cabala, a salvação está nela!

A cigana interrompe a algaravia e segura minha mão. Mistura espanhol, ladino, português, sabe-se lá quantas línguas:

— Carajo, caballero, está quente y yo quiero te ler.

Ela pega minha mão. Todos silenciam, quem sabe? Fala em voz alta, acompanhada por cantores gitanos e guitarras, regidos por Manoel de Falla.

— No voy hablar de tu futuro. É tão breve! Pero tu passado, hombre, que rico! Callate, no digas nada!

Dejame ver esa linea. De la vida, tiene interrupciones, pero sempre seguem. Seguem sempre! Para onde, no sé. Ni tu! Nunca soube, mas de algum jeito, ias sempre para a frente. Que gana! Será que valió la pena? Bien, la resposta, hay una?, solo tu conoces!.

Y esa mujer en la linea do amor? No se quem é. Ni tu! Espera, son muchas mujeres! Hombre, que rico! Tu madre? Tu esposa? Tu hija?

Pero, leche de tu madre! É uma mujer só! Increible! Está adentro de ti, bien adentro. No meio de tus vísceras. Hombre! Tiénes una mujer adentro! Pero, ela sai, sempre ela sai e tu te apassiona por ella... o ella por ti?

Ah! queria ser por un segundo solamente esa mujer! Más que eso seria intolerable.

O maestro faz uma pausa, compõe um *cadish*[19], cinco ciganos entoam um cântico rouco e primitivo, por um momento o ar se enche das alegrias e tristezas do fandango. Ela continua:

— Esa es la linea del corazon, que cosa, ni quiero mirar! Pero que te restó, aora? Algunos minutos más, e después la muerte. Que cosa, hombre! Todavia, tiengo dúvidas, tu siempre has sobrevivido! De qualquer manera, no se si la muerte es tan mala! Mala hora para leerte, hermano, muy quente. Bueno, dejame ver, un poco se escoje, mucho se é escojido y asi vamos, pero tu solo querias escojer!

Quer saber que piensam esos sin cojones clericales y pequeño-burgueses que te rodean? Escucha:

"Não pode ser maior desaventura da cegueira judaica, que vivendo os mesmos Judeus nela, fingindo-se Cristãos, não sejam Judeus, nem Cristãos. Não são Judeus porque não guardam a ley de Moisés, & se guardam não a confessam publicamente, sendo a isso obrigados pela mesma ley. Não são Cristãos, por que ainda que alguns o pareçam nas obras exteriores, não o são no coração, nem no entendimento, como eles mesmos confessam. E por que querem mostrar no exterior serem Cristãos sendo Judeus no interior, não ficam nem Judeus nem Cristãos"[20].

Para ellos, você é nada.

— Conheço bem essa categoria de que falam seus sem colhões, senhora cigana, saiba que existem em grande número, eu os chamo de judeus de merda. Não precisam de Inquisição alguma, santa ou não, para serem indefinidos. Querem ser como os outros que os cercam. Querem ser mais iguais que os outros! Os outros, simplesmente, são o que são, eles vivem o drama de querer ser o que não são. Não é verdade que queiram ser cristãos, mas não sabem mais ser judeus. Não sabem mais ser coisa alguma, equilibram-se em cima do muro. Seu maior desejo é aparecer nas fotografias das colunas sociais, sem dúvida pagam para estar ao lado do lixo da burguesia e das autoridades, o que pode ser mais dignificante que posar à sombra de um prefeito, de um secretário do governo? Hienas gargalhadoras, comedores de restos. Eles se dizem modernos, e essa palavra que não quer dizer nada, tudo justifica. Eu...

— Hombre, cale-se, soy yo la gitana!, cada uno escoje lo que más quiera. Basta! No quiero mais oirte hablar!

Tu sabes, mejor que yo, que cuanto mas cambia el culo, más la mierda es la misma! Y tambien las muescas. Estoy triste, adios! Procurame cuando vuelvas.

— Não voltarei — murmuro.

— Ah! volverás siempre! Antes do que pensas! Anda, pega isso, es una massa de laudano o morfina, que sé? Abra la boca, la puengo allá. Quando atearem el fuego, muerda com força. Te va ajudar en el pasage. Tu messias, el ungido, el redentor llegará y...

— Messias! Que história é essa? Quem é esse messias?

— Veo que sequer conoces las sagas ancestrales de tu pueblo. Todos sabem que el Messias, montado en un lindo y blanco corcel, trará a paz entre os povos, a redenção. A ovelha e o lobo pastarão lado a lado. Las guerras terminarão. Todos los mutilados serán reconstruídos. Os extirpados. Os aleijados. Você terá que escolher nova profissão, pois não haverá mais doença.

Larga minha mão, com doçura.

Ela se vai, todos partem, amigos, interessados, o idiota de 64, parentes, ciganos, o circo. Que pena! Estava tão alegre!

Capítulo IV

prisão

1

Fui preso numa sexta-feira, ao cair da tarde.

Estava limpando uma peça de picanha, seria churrasqueada no dia seguinte, a campainha soou, abri a porta e deparei-me com o delegado acompanhado por policiais fortemente armados e uma equipe de escrivães, alcagüetes, familiares, bombeiros, mergulhadores e curiosos.

— Como vai, Ribeiro? — saudei-o, muito me espantando com o séquito, conhecia-o de longa data —, entre!

("Ribeiro, Affonso[21] — 28 anos, mercador, condenado a cárcere e hábito perpétuo sem remissão, com insígnias de fogo com degredo para o Brasil, em 04.04.1666, como judeu relapso[22]. Primeiras condenações em 1654 e 1656." O que teria acontecido de 54 a 66? Esse Affonso Ribeiro teria se afinado? Mercadejava de tal maneira que não sobrava tempo para ser herético? Ou apanhou tanto que decidiu ser um bom cristão? Passeava com Juliana, nas margens do Tejo? Segurava suas mãos? Era um homem bonito? feio? magro? Veio de caravela para cá? Já havia tombadilho de terceira classe ou veio preso numa cela, ou remando nas galés? Será que se encheu de tudo e decidiu ser policial, como seu ta-ta-ta-ta-taraneto, que agora me prende? "Sua mulher, Juliana Correa, 24 anos, condenada a cárcere e hábito perpétuo[23] sem remissão com insígnias de fogo e degredo para o Brasil." E, aí, Juliana, que pena, não havia fotografia ainda, que vontade de contemplar seu rosto! Veio com o marido, ou um foi para o Oiapoque e o outro para o Chuí? Com certeza, você é morena e trigueira, cabelos lisos, amplos e fartos seios, nádegas fortes. O que os nojentos que viam você pendurada pelos pulsos pensavam? Desistiu, na terra nova, de acender as velas de sexta-feira? O que você diz quando se confessa? O padre a olha com tesão? Tentou comê-la? É necessário fingir, dia e noite, que você, realmente, aceitou a nova fé? Você aceitou? Diz a bênção das velas? Ou reza o Padre-Nosso? Arrebentaram-na toda? Dá para costurar roupinhas de criança? Seus pulsos e dedos ainda funcionam? Reencontrou o Affonso? Arranjou novo marido? Ou "Ribeiro, Izabel, filha de Lucas Ribeiro e Felipa Lopes, queimada viva como judia convicta, ficta, falsa, simulada, confitente e impenitente[24] em 24.03.1631". Quem sabe é dela a ascendência, não há menção de que não tivesse filhos. Quebraram-lhe o esqueleto? Como seria a figura de seu corpo pendurado pelas cordas, iluminado por tochas? Estático ou oscilante? Resistiu um dia ou anos? Quem a denunciou? Um vizinho a quem negou favores? Ou um amante enfurecido? Moça ou velha? Não adiantou ter o mesmo nome da catolicíssima Rainha da Espanha, deveria chamar-se Sara ou Raquel. Mas, morreu na fogueira, com todos os sacramentos e epítetos possíveis dos sacanas da verdadeira fé. Repouse em paz!)

— Deixa prá lá, Ben Maimon, vim a serviço. Devo conduzi-lo à delegacia, para averiguações. Chegaram denúncias sobre sua conduta e recebi ordens para investigar. Não se preocupe, são coisas de rotina. Deixe as chaves da casa comigo, preciso examinar tudo que há aqui. É uma norma, devo segui-la.

Fui algemado, as mãos às costas, amordaçado e atirado, sem qualquer cerimônia, no porta-malas de um camburão, ao lado de um famoso rufião do bairro e de duas madalenas neófitas.

— Oi, doutor — saudou-me a mais jovem — quem diria!

Lembrou-me que eu a havia tratado de gonorréia, meses atrás, quando ela chegava do Nordeste, menininha de doze anos, vendida pela mãe logo depois de ser traçada, emprenhada e inoculada pela doença venérea pelo pai. O cafetão me olhava com desprezo, certa noite ele me abordou e ofereceu uma franguinha quase virgem, eu recusei seus serviços.

A delegacia era próxima, poderíamos ter ido a pé, com tranqüilidade e discrição mas todo o ato e aparato, as sirenes dos carros da polícia soando sem parar, os repetidos toques da campainha, os gritos das raparigas, o estardalhaço da minha saída, o bater das portas, meus livros e diplomas sendo atirados na calçada despertaram a atenção da vizinhança, que acorreu às portas. É evidente que toda a bagunça interessava a quem me prendia.

Para minha surpresa, não notei qualquer sinal de protesto ou estranhamento, todos pareciam achar muito natural que eu saísse preso. Afinal, até minutos atrás eu era médico do burgo, atendia àquela gente que procurava uma solução para seus males, dores, traumas, achaques, doenças, enfermidades, incômodos, indisposições, crises e moléstias, no hospital. Isso eu fiz todos os dias, anos a fio.

Encarei um vizinho, sempre conversávamos pela manhã, quando recolhíamos nossos jornais. Eram entregues a domicílio por um ruidoso motoqueiro que sistematicamente me acordava, ele virou o rosto para o lado oposto; outros contemplavam o chão como se procurassem moedas perdidas. Ouvi um comentário:

— Deve ter feito alguma coisa muito má para ser preso assim!

Uma velha, eu a medicara dois dias antes, rolava um rosário entre os dedos e murmurava para alguém:

— A ruindade está no sangue, sempre aparece. Será que me receitou veneno?

O carro de presos atravessou a Praça da Matriz. Cidadãos tomavam a fresca nas sombras das mangueiras e ipês, sorveteiros e sanduicheiros apregoavam suas mercadorias, crianças chutavam latas de refrigerantes. Uma banda de música ensaiava para alguma solenidade ou quermesse, tocava para um esquadrão de neonazistas carecas que espancava os bêbados habituais do pedaço e tocava fogo nos pedintes e mendicantes. Nuvens de andorinhas escureciam o sol poente. Uma cadela vira-latas estava grudadíssima num gigantesco pastor, enorme matilha de machos aguardava a vez, para horror das beatas que por ali circulavam. O padre nos sorriu, caninos de morcego, da porta da igreja.

Na delegacia, fui amarrado a um gancho na parede de uma passagem, onde fui esquecido. A meu lado, pendia o corpo enforcado de um jornalista suspeito de qualquer coisa. Solicitei a um guarda que me conduzisse até uma privada, casinha, gabinete ou mesmo retrete, podia ser até um buraco no chão, urinol, caçarola, vasilha ou matinho, precisava esvaziar a bexiga e ouvi:

— Mije nas calças, herege não tem vez.

Altas horas, o Ribeiro apareceu, ar atarefado, carregava, muito irritado, um maço de papéis e documentos. Acompanhado por juízes e pelo Visitador e M. M. Promotor Público, Dr. Rodrigues Costa, que me inspecionou com vagar e comentou, entredentes:

— Peixe grosso, Ribeiro?, quem diria!

("Rodrigues Costa, Diogo — 61 anos, mercador, condenado a cárcere e hábito perpétuo sem remissão com insígnias de fogo e degredo para o Brasil como judeu relapso em 17.09.1662".)

2

Apresentaram-me um rol[25] manuscrito das coisas encontradas na minha casa, de meus bens, de tudo que eu tinha até um átimo atrás, desde que a partir de minha prisão, tudo passou às mãos da Igreja ou do Estado. Ou de ambos. Um bedel fez a leitura, para que todos ouvissem e testemunhassem.

— Atenção, atenção! A quem interessar possa! Inventário do prisioneiro Isaac Ben Maimon, físico praticante nesta cidade:

"Disse que ao tempo da sua prisão não tinha bens de raiz alguns de que estivesse de posses e que de seus bens móveis tinha somente o seguinte:

• seiscentas oitavas de ouro em pó as quais entregou a Tomaz Francisco Xavier juiz ordinário do Arraial do Paracatu que o prendeu.

• umas fivelas de ouro pequenas e uns cadeados pequenos também de ouro que poderiam valer tudo quinze mil-réis.

• um anel de ouro com diamantes que poderia valer vinte e quatro mil-réis.

• um espadim com seus cabos de prata que poderia valer vinte e quatro mil-réis.

• dez peças entre colheres e garfos de prata e duas facas com cabos da mesma que poderia importar doze mil-réis.

• dois negros, um mulato e uma mulatinha de seis anos que poderiam valer todos cento e quarenta mil-réis.

• duas espingardas, um par de pistolas, duas espadas e uma catana o que tudo poderia valer quarenta mil-réis.

• um leito de pau-preto, uma arca coberta de moscóvia outra de couro cru o que tudo poderia valer trinta e seis mil-réis.

• um espelho com sua moldura dourada que poderia valer quatro mil e oitocentos réis.

• um cobertor de cabaia de seda e mealhado com guarnição de prata e uma colcha de linhas que tudo poderia valer quarenta mil-réis.

- meia dúzia de pratos de estanho, de guardanapos, dois grandes de meia cozinha, um tacho de cobre grande e outro pequeno o que tudo poderia valer nove ou dez mil-réis.
- que a ele estão devendo a importância de várias receitas, medicamentos e visitas pertencentes a diversas pessoas e poderiam importar em três mil e tantos cruzados de que tinha boa clareza e recibos o que tudo ficou na mão do dito Tomaz Francisco a quem entregou com tudo o mais que tem declarado de que se obrigou a dar conta.
- que o procurador da Vila do Sabará lhe é devedor de trezentos e setenta e cinco mil-réis do partido que tinha na dita vila conforme a provisão de S.M. foi servido conceder-lhe e era obrigado a pagar-lhe o mesmo procurador da câmara conforme obrigação e assento que na mesma se tinha feito.
- lhe deve Manoel Ribeiro da Conceição setenta e dois mil-réis resto de maior quantia procedidos de visitas e curas que lhe fez em várias doenças.
- lhe deve Maria de Oliveira quantia de trinta mil-réis, o qual dinheiro lhe emprestou como consta do escrito de dívida que lhe fez e se achará nas mãos do advogado Feliciano Rodrigues de Matos.
- deve a Pedro José da Fonseca quinhentos mil-réis, procedidos de um crédito da mesma quantia que cobrou por ordem do mesmo por mão de Serafim Vieira de Carvalho e lhe ficaram na sua mão.
- deve a um mercador de cujo nome não se lembra a quantia de quarenta e oito mil-réis, procedidos de fazenda que tomou da sua loja como constará do livro de razão do mesmo mercador.

• deve a uma mulher preta que vendia pau que era conhecida vulgarmente com o nome de Antonica do Pau a quantia de vinte e cinco mil e quinhentos réis, procedidos de pau que ele declarante lhe comprou para sua casa.

• deve a Francisco de Aguiar a quantia de sete mil e quinhentos réis, procedidos de fazendas que tomou na sua loja como poderá constar do livro de razão do mesmo.

Declarou mais:

• que tem inúmeras e vultosas contas a receber de doentes que se mancaram quando se sentiram curados e livres de seus males. Apresentará lista completa desses devedores da saúde quando e se for solicitado.

• que tem a receber a fração ideal do décimo-terceiro salário bem como de férias e outras obrigações trabalhistas de um doutor conhecido como Alscydes Escroto relativas a seu trabalho no nosocômio de burgo vizinho.

• e que isto é o que tem a declarar a respeito de seu inventário".

Conferi a lista, já percebendo o sumiço de inúmeros itens de valor elevado ou apenas sentimental. Minhas fotografias desapareceram, meu automóvel sequer foi mencionado. Pequenos mas valiosos objetos de ouro e pedras preciosas, correntes para o pescoço, medalhas, broches, pingentes e coisas de família evaporaram. Um bolo de dólares virou ar. Meu vistoso anel de ouro com pedra de esmeralda, ganho de uma meia-irmã, quando recebi meu diploma de físico-médico, sumiu. Era falso, conforme afirmou um amigo ourives, mas era uma peça apreciada. Também garfaram minhas roupas finas e de trabalho, oito cuecas modelo calcinha, duas do tipo samba-canção decoradas com desenhos surrealistas de Dali, um *blazer* azul-marinho de fina lã, camisas de pura seda, além de uma camiseta original e autografada por todo elenco do Coringão. Calças. Guarda-pó. Meu original chapéu modelo borsalino, queimado nas bordas, esquecido que foi sobre um aquecedor durante uma estadia na Terra Santa, havido e pago em Veneza numa loja especializada na venda de tal acessório nas proximidades da Praça San Marco e também um xale ou cachecol muito ordinário porém com grande poder de retenção do calor do pescoço de fio sintético havido em Amsterdam, na Herringstrasse, simplesmente evanesceram. Onde foi parar minha menorá de prata? Tinha a base oxidada, mas os braços que sustentam as velas estavam em perfeito estado. Quem teria passado a mão em meu telefone celular e no som estéreo? Meus CDs, televisão, videoteipe?

Assinei o documento. Foi a última vez que apus meu nome ou qualquer outra palavra numa folha de papel, pois minhas mãos, bem!

3

Em seguida, fui conduzido à cela 18, despido e revistado nas mais íntimas cavidades. Soube que esse cuidado foi tomado para verificar se eu não trazia dinheiro, objetos rituais e, principalmente, venenos, pois meu destino, vida e morte não mais me pertenciam e eram, doravante, propriedades do Santo Ofício.

Nessa apertada cela fiquei trancafiado por três anos, sem ouvir nenhuma acusação. Simplesmente lá fiquei.

Fui visitado por personagens extravagantes: um bispo de batina azul, com listras amarelas e rosas, um incrível solidéu de pele de porco, com um rabicho no topo. Ele me encarava com severidade durante horas, andava à minha volta, olhar de ódio, em seguida orava e me respingava com água-benta. Quando se irritava, virava-me o frasco inteiro na cabeça. Isso sempre acontecia no inverno e ele ria:

— É isso aí, purificado e congelado!

Invocava, aos brados, anjos e arcanjos, legiões celestes. Um exorcista. Afirmou ter aquele trabalho todo para expulsar o demônio que havia em mim, para que restasse apenas o judeu que habitava meu corpo físico e visível de cristão-novo:

— Essa história de cristão-novo, velho, sei lá mais o que, é para os tontos. Para mim, são todos judeus enrustidos e de má-fé. Muito bem agiu meu professor, Francisco Gil, solicitador do tribunal da fé. Esse santo homem chegava a um burgo qualquer e mandava anunciar que na igreja local haveria festa e procissão solene. Quando ouviam a notícia, todos acorriam, satisfeitos. Cheia a igreja, mandava trancar as portas e exortava, entre ameaças de excomunhão e castigos, que os bons cristãos-velhos indicassem os judeus ocultos. As denúncias choviam. Os hereges iam direto do oratório para a cadeia, onde ficavam nas condições as mais torpes possíveis! Se quisessem comer, nem que um pedaço de pão mofado, deviam pagar em moedas de ouro. Visitas? Informações? Mais moedas de ouro. Se um judeu aborrecia muito, era descido, amarrado pelas pernas, dentro de um poço, onde podia lamuriar-se quanto quisesse sem incomodar ninguém. Homem genial! O sujeito saía de casa cristão, cidadão pleno e feliz, antegozando um festejo e horas depois se via absolutamente judeu, sem qualquer direito, infeliz, inerte e fodido, entregue aos atormentadores.

PRISÃO

Um trio de estudiosos beneditinos ou dominicanos ou franciscanos, jamais fui capaz de separar as ordens, lentes universitários graduados, pois que usavam capelo e borla sobre as vestes clericais, além do ar de distanciamento e superioridade que caracteriza a classe docente, mantinham meus olhos abertos para que eu não piscasse, usavam pequenas traves de madeira posta entre as pálpebras, enquanto um certo Nostradamus fazia gestos hipnóticos e murmurava bizarros abracadabras e outros mágicos chamamentos em frustradas e vãs tentativas de me colocar em transe. Queriam que revelasse de quem tinha aprendido os trâmites e segredos da fé judaica, para que também fossem indiciados e punidos. Nunca fui hipnotizado e eles desistiram. Deixaram-me, como lembrança, uma feroz conjuntivite.

Certa vez, entraram dois carrascos arrastando um bode caquético, lanhos profundos nas carnes, os ossos da bacia à vista, a pelagem negra infestada de sarna, fétida bicheira no dorso. Colocaram o animal na minha proximidade e estudavam suas reações, enquanto o estimulavam com insistência:

— Vamos, bode, reconhece teu irmão!

— Vai, bichinho judeu, reze com ele!

Depois de algum tempo, foram-se decepcionados, antes aplicando corretivo de socos e pontapés no desgraçado animal. O bode queria apenas comer a palha que me servia de cama, não ligando a mínima para minha presença.

Um antigo colega de serviço e eminente cardiologista, reconheci-o pela voz, sua face estava coberta por máscara anticontaminação, discursou para seus residentes aprendizes, também mascarados, enquanto me contemplava:

— Falei para esse judeu, certo dia, que um povo que escreve da direita para a esquerda, ao contrário de nós, só pode ser um povo do diabo! E ele me chamou de doutor de meia merda, de intelectual de periferia, de puxa-saco do baixo clero! Contemplem esse lixo! Sabia da iminência dessas visitas, eu era amarrado a uma argola na parede, os pés mal tocando o chão e o pessoal da limpeza varria o local onde os visitantes pisariam. Fidalgos farristas e intelectuais da moda, certamente comemorando um alegre fim de noite, apareciam acompanhados de lindas mulheres, passavam uma graninha ao carcereiro e ficavam por ali, bebericando e conversando. Um certo Escobar del Corro, escritor e crítico dos costumes, freqüentador habitual, dissertou sobre raças e afirmou que a pureza do sangue é que assegura a fidelidade à fé cristã. Quem tiver antepassado mouro, herético ou judeu é impuro; o feto adquire as qualidades morais dos pais, no momento da concepção, disse, enquanto tomava um copo de vinho. Gerônimo da Cruz, um frei que por ali passava e ficou para uma prosinha, acrescentou que até o leite de uma nutriz judia marcava, indelevelmente e para sempre, quem o bebesse. Narrou que um cristão-velho, homem muito principal e de suas relações, sem mais aquela, pecou contra a fé. Investigações profundas não revelaram qualquer traço de sangue judeu nos seus ascendentes e descobriu-se que sua nutriz, pois de leite a mãe não fora provida quando o pariu, era judia. Aliás, estava proibido o uso das ama-de-leite dessa raça. Não sei por que vocês discutem e se surpreendem, interrompeu Francisco de Toregoncillo, autor de notável estudo dos defeitos e marcas físicas características dos hebreus, todos sabem que sequer é necessário que os pais sejam judeus para que transmitam a seus filhos o ódio ao cristianismo. Basta que a mãe o seja, é suficiente um quarto, que digo, um vigésimo de sangue hebreu para se ficar infectado. Forte o sangue judeu, fraquinho o dos cristãos, pensei, se uma parte só supera as outras dezenove! Eu não passava de um objeto abjeto. Ordenavam, melhor, ordenavam ao carcereiro que ordenasse que eu ficasse de perfil, para apreciarem meu nariz ou meu queixo. Divagavam, horas a fio, sobre a concepção filosófica, claro que havia um fim divino nisso!, e estética do nariz cristão, exemplo de beleza hereditária transmitida pela boa cópula, nobre, reto e fino, o oposto do meu, adunco, torto e malicioso, concluíram que não era nariz, mas focinho. Esse Toregoncillo fez um discurso sobre a forma do meu queixo e demonstrou por argumentação escolástica que usávamos barba para encobrir o feio e grotesco apêndice facial, completamente diferente dos da verdadeira e única raça, harmônicos e viris. Examinaram meus pés e quando encontraram calcanhar, planta do pé e cinco dedos, frei Gerônimo comentou que não sabia que feitiçaria eu teria feito, pois conhecia e auxiliara a queimar muitos judeus e todos tinham pés de bode ou de ganso.

— Quem sabe, só aparecem quando esquentados na fogueira? — exclamou.

As mulheres eram belíssimas, certamente das rodas do teatro e boemia. Conversavam com desenvoltura e argúcia e seu falar não era o doméstico da nobreza decadente. Vestiam roupas coloridas e ousadas onde se entreviam suas partes e não as roupagens acinzentadas e escuras que eu contemplava no dia-a-dia. Sempre que podiam, disfarçadamente, me tocavam, de leve e sem que ninguém notasse, sorriam e lançavam olhares de simpatia. Seus perfumes pairavam no ar muito tempo depois de sua partida, ficava uma extasiante lembrança de úmidos jasmins e quentes e macias axilas!

Tive ocasionais companheiros de cela, gente que eu desconhecia. Puxavam conversa, faziam-se de íntimos, diziam privar da amizade de meus conhecidos. Insinuantes, perguntavam sobre meus hábitos, minha família e trabalho, era evidente que procuravam obter informações que pudessem ser usadas contra mim. De início, assustei-me, bem conhecia a ação dos abafadores[26], mas logo me dei conta que não passavam de reles espiões efetivamente conversos, gente que aderiu à fé cristã e que vivia e tinha a profissão única de entregar, inculpar e acusar os antigos irmãos de crença. Tinham a pele e juntas em bom estado e seus discursos eram pueris. Jamais poderiam passar por prisioneiros como simulavam. Eu os revi na fase final do julgamento, continuavam bonitos e bem nutridos, quando mentiram descaradamente, afirmando que eu jejuava nos dias de praxe e orava, invocando Adonai, Moisés e outros. Nem podia sentir raiva de tais seres, pois sabia dos recursos vis e das chantagens que o Tribunal da Santa Fé empregava para mantê-los sob controle.

Foram tempos monótonos e incolores, essa fauna não habitava meu imaginário, nem tinha conhecimento de sua existência.

4

A prisão recebia hóspedes aos magotes; de repente os corredores ficavam movimentados e ruidosos. Percebia os arfares dissonantes de gente assustada. Mulheres choravam, sem saber como e por que foram parar neste lugar. Lembro-me da singeleza das palavras que mostraram a fragilidade da condição do judeu em meio à cristandade, pois uma delas suplicava:

— Deixai-me voltar por um instante e apagar o lume de meu fogão! Meus filhos ficaram sós e trancados, podem se queimar. São pequenitos!

Em seguida, a resposta, em meio a risos e guinchos sarcásticos dos demais guardiões da Santa e Única Igreja:

— Tranqüiliza-te, judia, que se acostumem com o fogo desde já, não o estranharão mais tarde!

Lamentos, choros. O tilintar dos elos de correntes. O som seco dos tapas e bofetões. Multidões partiam, os ruídos morriam. Restavam os uivos, gritos e xingamentos, provenientes de um local situado abaixo do nível da cela e que se tornaram habituais e parte integrante do local.

Pela apuração do sentido de ouvir, era o que mais fazia, apreendi a decodificar o que se passava em minha volta: o ir e vir das vizinhanças, a repetição, a semiologia do som. Até as correntes de ar eram reveladoras. Uma porta se abria, soprava suave brisa, percebia os passos de um réu quando partia da cela, e um ruído de carne arrastada quando voltava horas depois. O cheiro de vômito, suor e sangue, o estrépito da porta da cela sendo fechada, o ranger das dobradiças e trancas enferrujadas. As ordens de um guarda raivoso e cansado. Após certo tempo, e provindos do mesmo local, eram dois arrastares, o primeiro se afastando, horas depois, voltando. Efeito Doppler-corredor.

Essas relações sensoriais e auditivas foram ilustrativas, aprendi a ouvir comentários provindos das proximidades da cela. Vinham fragmentados. Percebia uma frase hoje, outra muito tempo depois, era possível uni-las, finalmente, a temática era sempre a mesma. Um chefão rosnava : "Dá-me o judeu vivo, dar-to-ei morto", "Não comem carne de porco porque porcos são", "Babam nas barbas pois nem o cuspe quer sair das suas bocas, desde que cuspiram em Nosso Senhor!"[27] e outras jóias e ditos intelectuais e espirituosos acerca dos cristãos-novos e judeus.

Não diferiam, na essência, das historietas burras e infelizes que eu ouvi por incontáveis vezes nos almoços e jantares da burguesia que um dia freqüentei. Era estereótipo em cima de estereótipo: após comer, beber, arrotar e exaltar a qualidade dos alimentos ingeridos, bem como a arte e categoria culinárias da dona da casa, os empanturrados convivas, para preencher o tempo e demonstrar o vasto cabedal de conhecimento de que dispunham, contavam piadas, em verdadeiras séries temáticas, sempre as mesmas, com mínimas e sutis variações. Versavam sobre negros ou favelados, onde se destacavam sua imundície ou burrice — em contraposição à inteligência e vivacidade dos burgueses de boa família, brancos e pertencentes à Verdadeira e Única Fé — e, em seguida, sobre judeus, pintados como astutos, sacanas e avaros, mas, ao final, enganados e superados pelos nativos cristãos, gente inerentemente boa e de elevado Q.I. Cagavam-se de rir, sempre com as mesmas narrativas.

Certa vez, num churrasco na casa de um médico-farsante-fazendeiro-negociante-cretino, destacada figura da sociedade local, fiquei com o saco cheio de tanto ouvir piadas raciais e contei uma história inventada na hora, na qual um cristão era o bobo. Riram amarelo, bem educados se mostraram, e não mais recebi convites para as magníficas refeições, pois que comentários sobre meu comportamento inadequado rapidamente se espalharam.

Também aprendi a usar o alfabeto da prisão[28], técnica cansativa e só passível de ser usada enquanto as mãos estavam íntegras.

O número das saídas de um prisioneiro desde sua cela, o tempo que demorava para voltar, os tipos e intensidade dos gritos quando voltava arrastado; na ausência dos gritos, um pesado resfolegar, o ruído inequívoco de líquido gotejando... sua freqüência, acho que até a qualidade desses eventos. Descobri que um som, naquele lugar, sua presença ou falta, tinham significados diversos.

5

Foi possível montar toda a gradação e tipos dos castigos aplicados, segundo a hierarquia e crimes do réu: branco, cristão-velho, raras idas e vindas ao andar inferior, ouviam-se os passos e risadas do prisioneiro e guardas; tenho certeza de que ouvi o espoucar de garrafas de champanhe; idem com o acréscimo de subversivo, esquerdizante, político, porradas mais duras e uma temporada na manivela, telefone[29] de leve.

Subversivo, porém judeu macho, apanhava o dia inteiro por meses a fio, visitas à cadeira do dragão[30], manivela[31], cobra-viva[32], pontapés no abdome, coluna e genitália; se fêmea, estupros diários por elementos da Brigada Divina e Celestial, Os Jumentos do Senhor, grupo de psicopatas escolhido a dedo nos manicômios judiciários e conventos do burgo.

Deu-se o caso de um branco, estudante, subversivo e judeu, ouvi a saga desse jovem pelo alfabeto da prisão, que apanhou tanto que virou pasta, perdeu qualquer forma que o classificasse como gente ou mamífero. Foi entregue num caixão selado a sua família, para que fossem feitas as exéquias num cemitério dos judeus, pois assim agindo de exceção, o Tribunal do Santo Ofício e o das Ordens Estabelecidas mostrariam clemência e boa vontade. O problema foi que, seguindo o rito hebreu, o corpo deveria ser lavado. O caixão foi aberto contra as ordens das autoridades que haviam ordenado que não o fosse e para espanto e horror das lavadeiras de cadáveres, que haviam sido informadas por um atestado de óbito assinado por oito médicos que o gajo se havia suicidado enquanto preso e que deveria ser enterrado na ala dos suicidas, conforme o costume e uso dos judeus ainda restantes, elas botaram a boca no trombone e disseram para quem quisesse ouvir, na verdade, poucas pessoas se dispuseram a tanto, por medo e pavor de se indisporem com as autoridades constituídas e perderem os privilégios de que gozavam, que o corpo do tal havia sido deveras maltratado em vida, que sofrera morte abominável e degradante e que de maneira alguma seria enterrado como suicida, pois assassinado e torturado de maneira vil fora.

Desde então o segredo foi reforçado e tornou-se absoluto e, quando um elemento subversivo ou judaizante morria, o que sobrava das torturas era queimado, enterrado em fossas coletivas ou atirado em algum rio, assim fornecendo aos peixes alimento de elevado teor protéico, se bem que impuro, segundo a doutrina vigente.

Preto, pobre, favelado apanhava de açoite, todos os sábados, julgo que era aos sábados, pois ouvia rezas hebraicas entremeadas com o estalido da chibata nas costas. Algum religioso aproveitava o som dos açoites para ritmar suas orações. Branco, cristão-velho, desempregado ficava ao deusdará, morrendo de fome e sede em algum canto, tanto fazia estar preso ou em liberdade, uma vez que a liberdade é um bem adquirido e comprado com o suor do próprio corpo, como tive a oportunidade de ouvir da boca de um rabino alucinado.

Narcotraficante, fosse branco ou negro ou cristão-novo ou judeu ou mouro ou turco, era tratado a pão-de-ló; em geral fugia, pois que sua fuga era facilitada. Sodomita, se da fé verdadeira e leigo, era admoestado com doçura, após exibição e demonstração prática de seus dotes artísticos, em seguida, torrado; se pertencente a qualquer ordem religiosa, tratamento semelhante aos dos cristãos-novos, porém com as coisas feitas sob portas fechadas. Ganhavam auto-de-fé privado, para preservar a Igreja de má fama, pois a entidade combatia os veados com fúria e ódio.

Cristão-novo, gente da nação, marrano, o mínimo de conversa, o máximo em tormentos: polé[33], potro[34], braseiro, chibata, pau-de-arara[35], arrancamento das partes, tenaz, fuzilamento, abertura do ventre das grávidas, morte do feto, com introdução de gatos vivos no abdome e posterior sutura do mesmo — ou deportação para a Alemanha, desde que estivesse sob regime nazista — envenenamento em massa com cianureto, fuzilamento das crianças no colo das mães e outros castigos.

6

Inúmeros livros foram deixados ao lado de meu palheiro, todos eles catalogados em algum *Index*. Muitos traziam, rabiscados, comentários dos censores, por vezes com garranchos indecifráveis, que bem diziam da qualidade de quem os arrolou. Do *Index Politicus*, lembro-me da *Torá* ou *Velho Testamento* e do *Manifesto Comunista*, definidos pelo censor como "incitadores da subversão, convite aberto à anarquia, coisa típica de judeu idealista; pior, dão idéia da continuidade do pensamento filosófico dos israelitas". Velhos números, com manchas amareladas de porra antiga, da revista *Playboy*, regozijei-me com o festival de seletas e estimulantes bundas, regos, seios, axilas e pentelhos; jamais esperei encontrar imagens tão belas naquele local, "cada fotografia é um convite à libertinagem, pois estimulam a imaginação e gônadas do incauto leitor, que, ingenuamente, buscou tal publicação com o intuito único de se ilustrar". O *Catálogo Telefônico de São Paulo*, grosso volume que "sequer definia quem era ou não da falsa fé, um perigo público, um honesto cidadão, sem o querer, pode conversar com um herege, pior, encomendar uma pizza ou um frango na brasa de um satanás hebreu", segundo a autoridade castradora. Um livro de contos que reli com prazer, *A Vida Secreta dos Relógios*, lembro-me de que o autor, conterrâneo de cidade e imaginário, foi condenado como judaizante, pertinaz, subversivo, falso e eloqüente (!) e queimado em efígie, pois que deu as de Vila Diogo, "o autor é um subversivo nato que reinventa uma perigosa insinuação judaica, os campos de concentração, além de narrar histórias impossíveis; como é possível chover prepúcios, quando todos sabem que a chuva se compõe de água, pois molhada é?, além do mais narra um conúbio entre um judeu e uma coreana, propaganda de casamento entre sub-raças!" Também livros e textos do *Index Genitalis*: O *Cântico dos Cânticos*, "sacanagem explícita disfarçada em discurso espiritual, no meio do livro sagrado dos hereges, de repente, aparece um cantar a seios e outras partes, encontros noturnos, gazelas, incitando ao bestialismo, realmente, coisa de circuncidado corruptor". A *Declaração Universal dos Direitos do Homem* trazia o comentário: "pavorosa coletânea que apregoa a igualdade entre os sexos, raças e religiões, uma agressão ao Santo Ofício". *Talmude*, "Fogo nele". *Judeus sem Dinheiro*, "elegia à pobreza, além de mentiroso, onde se ouviu falar de judeu pobre?, propaganda comunista, subversão disfarçada em texto poético!"

Alguns textos com o *Imprimatur* das autoridades: várias versões da História do Brasil. *Tratado Geral dos Excrementos*, do doutor Odacir Capa Vitela, velho conhecido. Privei da companhia do autor, também médico-físico. Orgulhava-se das suas origens antigas:

— Meus antepassados eram gente da nobreza rural de Belmonte, chegaram aqui nas primeiras caravelas!

Dizia-se liberal e democrata e admirador dos imigrantes, até que seu filho foi rejeitado pela família da namorada, pertencente à ortodoxia judaica. Tornou-se anti-semita total. Afirmava, desde então, que judeu só é bom quando morre e vira vento. *Mein Kampf*, versão em quadrinhos para crianças. *Soltar o Barroso*, uma coletânea do pensamento intelectual da elite nacional das primeiras décadas do século XX. Estranhei a presença de tais volumes, edições antigas e caras, finalmente, apenas uma coleção de textos racistas e antiquados. Sua leitura provocava cólicas, flatulência e outras manifestações gastrointestinais em inúmeros leitores e "soltar o barroso" tornou-se, por metonímia, uma expressão sinônima de evacuar, exonerar os intestinos.

Não resisti à curiosidade, devorei aqueles livros, à luz de velas. Inúmeras câmaras de TV me monitoravam incessantemente. Era evidente que minhas reações seriam analisadas.

7

Nas audiências que se seguiram foram exibidos vídeos onde eu aparecia sorrindo ou comovido, lendo aquelas páginas. Acho que os inquiridores queriam me surpreender rezando, coisa que nunca fez meu gênero.

Ainda assim, isso serviu para reforçar a acusação: — Esse puto sequer reza!, certamente o faz às escondidas! — exclamou um frade de uma ordem até então desconhecida para mim, a dos Protocolados Sabichões Sionescos, fundada na Ucrânia por certa Madame Okhrana, já com vários mártires na sua lista, todos fritados e comidos com batatas coradas por velhas pagãs —, é mesmo enrustido!

Sacudindo grossos volumes de uma *História do Brasil*[36], tidos como modernos e de vanguarda, livros que apareciam numa tela de TV enquanto lidos por mim, o intelectual de plantão espumava de ódio e gritava, sacudindo-os em minha direção:

— Veja, verme, está na página 106: "o Governo Geral trouxe uns judeus, gente cujos meios de ação se tinham intensamente desenvolvido no regime inflacionário decorrente dos negócios do Reino com a Índia"..., percebe quem é sua gente?, aparecem quando há inflação e crises! Não passam de aproveitadores!

— "...que substituíram de modo muito mais eficaz o antigo banqueiro florentino ou cremonês" — continuei, pois sabia o texto de cor —, "e requeriam não mais um indivíduo provido de recursos sonantes, mas, milhares deles, apoiados em ativas comunidades de correligionários, espalhados em todos centros de comércio e indústria do mundo" — completei — aliás, é fácil saber quem os espalhou.

— "...é que faltava uma nova organização" (de sanguessugas) "que servisse de intermediário para escambos e escoamento das mercadorias importadas, quem comprasse e vendesse e, acima de tudo, quem dispusesse de capitais", e esses ladrões tinham, roubaram de nós — ele disse, com ódio.

— "...precisavam emprestar às finanças reúnas cada vez mais débeis e precisadas de numerário" — (fidalgotes de merda, filhinhos de papai, estroinas, consumidores de drogas, idólatras, pensei, sequer sabiam negociar, só se preocupavam com títulos de nobreza), atrevi-me a sussurrar.

— Ouça, metástase tumoral: "Irremediáveis na sua crença ancestral, a despeito do batismo forçado e sanções do Santo Ofício, formavam os cristãos-novos um QUISTO" — ouviu bem, pústula judaica, corpo estranho, abcesso de corpo estranho? — "na estratificação da monarquia, em conflito com a religião, usos e costumes do povo!" —, ele dançou uma sarabanda, tão irado estava.

— "...prestavam, todavia, decisivo auxílio aos negócios públicos e privados graças a sua espantosa capacidade de adaptação a qualquer ambiente, assim como o poder de trabalho eficaz em qualquer latitude do globo" — (puto e ignóbil!, sempre fomos gente de trabalho!, em qualquer lugar!, em qualquer período! Enquanto teus antepassados comiam capim e quebravam as cabeças uns dos outros com pedras, os meus estavam escrevendo a Bíblia!, meus pensamentos são renitentes, pela graça de Deus!)...

— Continue, judeu, não pare: "onde houvesse mercância, traficância", é só para isso que vocês prestam!, "intermediários de compra e venda, banqueiros dos produtores, agentes do escoamento de mercadorias, fomentadores do tráfico de africanos...", você não passa de um não-ser! Chega.

Ele atirou os pesados volumes na minha cabeça.

Engoli e digeri as afirmativas, na verdade, absolutamente sábias e verdadeiras, quando li e reli tal livro, apreendi que: "Fatores econômicos [...] ensejaram nos séculos XVI e XVII a transmigração para o Brasil de cristãos-novos e meio-cristãos, isto é, judeus ou de ascendência judaica, camuflados em cristãos" (camuflados, por quê?, caralho! Pois se foram convertidos no tapa!), "que a tanto os obrigara o meio em que viviam. Na quase totalidade eram de posição social inferior, homens de ofício, broncos e ignorantes... alinhavam-se os profissionais da medicina... situavam-se entre os homens de ofício, inferiores aos nobres e aos burgueses. Donatários e capitães-generais chamavam de criados os seus cirurgiões de serviço".

Discussões sobre livros de outros historiadores levaram aos mesmos resultados: os judeus, gente da nação, cristãos-novos eram descritos e considerados ralé, pseudocristãos, mercantilistas, agiotas, aproveitadores, falsos, a encarnação do demo, uns bons filhos da puta!

As audiências eram simples. Não sabia que acusações pesavam sobre mim, parece que isso não tinha importância.

Promotores, juízes, defensores e torturadores se alternavam, hoje um sujeito me acusava, em seguida, estava lá como juiz ou perpetrador dos suplícios. Ou simplesmente assistindo. Eu era conduzido desde minha cela, preso a grossas e pesadas correntes, eram intencionalmente dispostas para dificultar a deambulação, tropeçava a cada instante quando ainda podia andar, por um bando de fâmulos e cangaceiros, armados com lanças, ancinhos, facões, fuzis AR 15, Kalachnikoff e pistolas Luger. Cercavam-me, os canos das armas apontados para minha cabeça. Era grotesco, eu não tinha para onde fugir, mal conseguia manter-me nas pernas.

Ficava em pé perante os inquisidores, era minuciosamente identificado, a cada sessão perguntavam as mesmas coisas: nome completo, profissão, nome dos pais, dos avós, bisavós, origem, escolas que freqüentou, locais em que residiu, registros de identidade, número da carteira de motorista, enfim, todos os dados que caracterizam um cidadão.

8

Foi-me apresentado meu "advogado", dito Procurador do Preso[37]. Era baixinho, cabelos empastados com azeite de dendê, uma autêntica moqueca bípede. Fedia a bacalhau defumado e caninha barata. Ele me olhou de cima abaixo e declarou, com ar de náusea, estar em tal lugar e posto vexatórios, por solicitação do Santo Ofício e apenas por isso; que era de seu desagrado falar com alguém como eu, em posição tão baixa na escala social; que eu o tratasse por Eminente Causídico; que deixasse minha natural renitência de lado e abrisse o bico, pois se procedesse de maneira outra, meus ossos seriam triturados antes da queima final, coisa que lhe parecia o melhor a ser feito nas atuais circunstâncias desde que meu comportamento obsceno só poderia ser punido dessa maneira. Leu-me uma procuração e em seguida pronunciou breve discurso:

— Ouça, herege, você está danado por várias razões. Vou citar algumas, em benefício da verdade, porque você é um caso perdido. Mandemos as leis civis para aquele lugar, aqui elas não valem nada! O que diz o senso comum das elites financeiras e espirituais, que é o que conta?

Ele puxou uns documentos encimados com o aviso de Secretíssimo e, leu: "...(os judeus) são comerciantes, usurários ou servem de intermediários para qualquer negócio. Vivendo exclusivamente da exploração do próximo, são desumanos e sem escrúpulos... se aglomeram em bairros imundos, sem higiene... Quase todos são militantes comunistas ou simpatizantes do credo vermelho". Sabe quem disse isso? Foi Pedro Rocha, nosso digníssimo representante comercial em Varsóvia, nos gloriosos e insubstituíveis e saudosos tempos do Terceiro Reich! Quer mais, filho, irmão e neto de Trotsky? "... O israelita, por tendência milenar, é radicalmente avesso à agricultura e não se identifica com outras raças ou outros credos. Isolado, há ainda a possibilidade de vir a ser assimilado pelo meio que o recebe, tal como acontece, em geral. Em massa, constituiria, porém, iniludível perigo para a homogeneidade futura do Brasil." Ouviu, crápula? Esta é a opinião escrita de Osvaldo Aranha!, distinguido filósofo do Ministério das Relações Exteriores, tido, havido e considerado e condecorado como Amigo, Protetor e Salvador dos Judeus, pela própria elite judaica! Além de herege, você é heterogêneo. E bobo!

Minha função não é defendê-lo, você é indefensável, mas sim, auxiliar este Santo Tribunal a chegar à verdade. Escute mais um pouco: "... há muitos sinais indicados pela mão de Deus, depois que crucificaram a Sua Divina Majestade, uns têm rabinhos que lhe saem de seus corpos do remate do espinhaço; outros lançam e derramam sangue de suas partes vergonhosas, cada mês, como se fossem mulheres; outros não podem cuspir nem lançar umidade alguma de suas bocas; outros, em se deitando ou encostando a dormir, lhes entram e saem imensidade de bichos a morder a língua... Conhecem-se muitos também que são Judeus, em os narizes, na barriga das pernas, na pouca limpeza e desmazelamento geral, em as costas, e em mostrar ser ou serem corcovados... Em alguns lhes fica a baba ou cuspe pegado na barba, quando cospem, como castigo de haverem cuspido em nosso Redentor...", ouviu, menstruador?, conforme relatado pelo Eminente Padre Francisco de Torregoncillo, Pregador Jubilado da Santa Província de São Gabriel etc., respeitado e glorioso homem de letras.

E nem cogite de apelar aos poderosos da sua raça, sabemos que existem alguns por aí, nem vão ligar para você, pois tão amarrados estão aos interesses e mutretas econômicas do reino que gentalha da sua laia é um estorvo para eles. Outro dia um Inquisidor arrebentou a traquéia de um judeuzinho comunista, tenho a lembrança que exercia o ofício de jornalista numa estação de televisão; fê-lo um tanto quanto fora das regras, pois trucidou o hebreu antes de qualquer interrogatório, e um dos seus líderes comentou que não seria feito protesto algum, desde que estava convencido de que o sujeito havia sido morto por ser comunista e não por ser judeu, e que comunistas têm mesmo é que ser mortos.

Nossa conversa decorreu perante um representante do Santo Tribunal, que tudo anotava.
— Eminente Causídico — perguntei —, de que me acusam? Quem me acusa? Por que estou nesta prisão?
— Realmente, você é louco e renitente — respondeu —, e eu lá sei de que te acusam? Pois se o processo é secreto!

9

Os Inquisidores se aboletavam em volta de mesa coberta por um pano negro e pesado que descia até o chão. O centro era dominado por gigantesco crucifixo, cheguei a sonhar com as lágrimas, pregos, gotas de sangue e ferimentos perfurantes e corto-contusos que ornavam a imagem. Davam-me sensação de medo e de coisa morta. Vi restos da "minha" menorá amassados, os delicados receptáculos destinados às velas transformados em rústicos cinzeiros. A sala era extensa, teto alto, em cúpula. Muito úmida, lagartixas corriam por toda parte. Iluminada por tochas, clarões fúnebres e trêmulos se projetavam nas paredes mofadas e decoradas com imagens de santos e santas sorridentes e de olhar perdido nos céus.

Fui convidado a me ajoelhar. Recebi as admoestações[38] de praxe.

Ordenaram que eu confessasse minhas culpas, que delatasse os membros da minha família, facilitaria e apressaria as coisas. Que nomeasse conhecidos, empregados, patrões, professores, alunos, vizinhos, colegas de profissão, clientes, afinal é sabido que um físico ouve os segredos mais íntimos das pessoas.

Foi-me lido o que eles chamavam de lei de Moisés. A sua leitura foi minuciosa e ilustrativa, aprendi detalhes da fé judaica de que não tinha conhecimento[39].

Um meirinho lia e passava aos interrogadores instruções de um opúsculo. Só consegui perceber o título, acho que era Monitório[40].

Para meu horror percebi que, mesmo inadvertidamente, um cristão-novo convicto e absolutamente dedicado e fiel à nova fé poderia incorrer naquilo que os detentores do poder chamavam de heresia judaizante. Um cidadão afinado com a maioria e cumpridor convicto e sincero dos deveres da lei podia judaizar sem o saber e sem qualquer intenção de ato religioso, por efetuar algum uso ou costume aprendido na infância: lavar-se às sextas-feiras, só comer peixe com escamas! Banhar-se após a menstruação! Abençoar os filhos de tal e tal maneira!

10

Levaram-me, entre exortações, a conhecer os tormentos que me aguardavam, caso persistisse no meu silêncio. Entre a exibição de um e outro instrumento, parecia um passeio de museu, sussurravam no meu ouvido:

— Confesse! Você segue a lei de Moisés! Você obedece aos jejuns de praxe! Diga que você não come carne de porco, nem peixe de pele! Fale que aos sábados você se banha e troca a camisa suja por uma limpa! Basta falar, renegar a lei infecta, acusar sua mãe, esposa, filhos, primos, tios, parentes e outros colegas de sinagoga e você estará fora das nossas garras. Receberá meia dúzia de porradas, uma ou duas sessões no potro

— alguma culpa sempre existe ou você não estaria aqui! — e será um homem livre. Vigiado para não reincidir, claro, mas livre. Quem sabe até poderá trabalhar para nós? Saiba que pagamos muito bem! A profissão de dedo-duro da Igreja e da Santa Inquisição é honrosa e sempre foi rendosa. Para que continuar vivendo de seus ridículos e parcos proventos de cirurgião? Fale sem medo, os acusados que você entregar nunca saberão quem os acusou. Vamos, aceite Nosso Senhor Jesus Cristo e a Santíssima Trindade!

Por dentro eu me assustava e ria quando ouvia tais sandices. A lei de Moisés, para eles, era o ato de trocar de camisa? De varrer a casa de fora para dentro? Sei lá em que dia eu trocava minhas camisas, eu o fazia quando estavam sujas, avaliava pela sujidade do colarinho. Não era um porco, portanto recolhia o lixo varrido do chão e, evidentemente, o fazia no interior da casa, para que não se dispersasse rua afora, nem fosse levado pelo vento. Eram princípios primários de higiene. Que espécie de gente era essa? O que queriam, finalmente?

Após quatro ou cinco sessões, quando esperava por mais solicitações e reprimendas, fui levado diretamente à câmara de tormentos e um Inquisidor-auxiliar, Monsenhor Felinto, por alguma razão fixei seu nome, anunciou:

— Pelo lugar em que você está e pelos instrumentos que vê, é evidente a diligência que faremos a seguir. Com muita caridade da parte de Cristo Nosso Senhor, confesse suas culpas. É a única maneira de alcançar a misericórdia que esta mesa dá aos verdadeiros e bons confitentes.

Mantive-me calado, ele prosseguiu:

— Senhor notário, diga ao réu que se ele, no decorrer das torturas, quebrar algum membro ou perder algum sentido, a culpa será exclusivamente sua, pois, voluntariamente se expõe a tal perigo que poderia evitar confessando suas culpas. Aos tormentos[41], pois! Agarrado e atirado ao chão, fui conduzido à polé, onde fui suspenso até o teto e fiquei pendurado pelos braços amarrados e dobrados por detrás das minhas costas. Uma coleção de frades me fustigava com correntes de bicicleta e fazia perguntas:

— Vai falar? Quer continuar sofrendo? Você adora quem, o bezerro de ouro? Fala, judeu filho da puta, está a nos cansar à toa! Quem o ensinou a ser judeu? A vaca da sua mãe? Seu pretenso pai? Você jejua nos dias santos? Fale, filho do cão, quem é o rabino que o ensinou? Vou arrancar o teu saco!

Lá do teto, vi duas freirinhas, candidatas à beatificação, que a tudo assistiam, assentadas em esplêndido camarote. Sorriam embevecidas e diziam estar lá para absorver meu sofrimento físico, o que apressaria a sua compreensão do universo da dor. Uma delas tinha a face, mais que isso, uma atitude, talvez a maneira de gesticular, conhecida e familiar, diria de judia, se é possível afirmar tal coisa pelo semblante e pelo gesto, estava um pouco longe, acho que ouvi seu nome, algo como Avilar ou nome semelhante. Na minha memória, ficou a absurda e escandalosa imagem de uma santa judia. Recitou vários poemas de sua lavra, enquanto eu me arrebentava lá em cima. Espantei-me com a força erótica, até afrodisíaca de seus poemas, falava de espadas em fogo que a atravessavam, gozos celestiais e coisas do gênero. O prazer que provocava nos carrascos era tal que minha tortura era interrompida para que melhor a ouvissem e aplaudissem. Sua companheira tinha as faces vermelhas e afogueadas, olhos brilhantes e sou capaz de jurar que gozava enquanto me via apanhar, suas pupilas estavam dilatadas, não piscava, esfregava-se espasmodicamente na cadeira onde se assentava e agarrava com os dedos crispados um sorridente santo de madeira.

Alguma junta se desgarrou, gemi de dor e alguém berrou:

— Cale a boca, subversivo!

Ouvi uma sucessão de ordens:

— Levante mais! Puxa! Atenção, devagar! Porra, parece que quebrou o pescoço! Dê um trato corrido, agüentou!, mande um trato esperto!

Em seguida, fui abalado por uma série de trancos, localizava-os, sei lá por que tal imagem, no meio do cerebelo, enxergava meu cérebro iluminando um corte de tomografia com clarões roxos e amarelos e desmaiei.

Depois desse tratamento, durante várias inquirições voltei arrastado ao tribunal, não podia manter-me em pé. Meus pulsos, locais onde as cordas foram presas, ficaram em carne viva, os tendões esbranquiçados à mostra. As articulações dos ombros, cotovelos, punhos, até as coxo-femurais, toda a coluna, tiveram ligamentos e bolsas rompidas e a pele dessas regiões se encheu de hematomas. Desconfio que havia pesos amarrados nas minhas pernas, de outra maneira não se explicam as lesões dos membros inferiores. Eu assistia às mudanças de cor daquelas coleções de sangue, inicialmente vermelhas, azulavam-se e, finalmente, adquiriam tons esverdeados. Da hemoglobina à biliverdina! Nunca me recuperei daquela sessão inicial, ficaram seqüelas em todas as juntas, deslocavam-se com facilidade ao menor movimento, por vezes, os dois ombros desabavam ao mesmo tempo e era dificílimo repô-los. Os punhos ficaram tão lesados que nunca mais foi possível assinar um depoimento ou outro documento, sendo necessário fazê-lo por ordenação oral e testemunhada. Eram lesões não descritas nos livros médicos, quebrava-se o osso, rompia-se a junta, laceravam-se os ligamentos e os músculos. Minha coluna foi tão esticada, que eu, para andar alguns passos, tinha que fazer movimentos de rotação sobre mim mesmo, de outra forma desabaria como um saco vazio.

Certa noite eles fumavam charutos cubanos e bebiam um vinho de cor rutilante de tão fino e delicado aroma que minha boca se encheu de saliva. Não conseguia despregar os olhos das finas taças de cristal que soavam sons celestiais, quando dos brindes.

Festejavam a confissão, no primeiro interrogatório, de uma bruxa, judia, cigana ou qualquer outra coisa, que entregou seu marido, filhos, irmãos, irmãs, cunhados, tios e tias, vizinhos, os avôs e avós, todas as pessoas que ela conhecia pelo nome, aos braços da lei. Ela foi estirada além do extremo, seus ombros estavam caídos e suas pernas alongadas, a pele das juntas rasgadas, o pescoço lembrava o de um cisne. Tão estendida foi que cresceu uns vinte centímetros e um monsenhor ria:

— Inventamos um tratamento novo para o nanismo! Pena que mate!

Pois ela estava morta, jogada num canto, inchada e arroxeada, entrando em decomposição e pensei que o corpo alongado e grotesco estava presente apenas para me atemorizar.

— Confesse! — ordenou um frade.

Hesitei, ouvi:

— Aos tormentos!

E dessa vez foi o potro. Aquilo que me pareceu ser coisa estática e tola revelou-se mecanismo de fazer uma rocha gritar aos céus, pois os perpetradores apertavam e desapertavam as cordas e faziam sutis mudanças dos meus pontos de apoio com o aparelho, com tal conhecimento e maestria, que a cada instante surgia uma dor nova que me dava saudades de todas as dores ou males que um dia senti. Deitado na madeira, senti a lava de todos os vulcões do mundo se derramar sobre a pele e penetrar até as vísceras. Lembro-me de que um físico me observou, eu estava amarradíssimo ao aparelho, e disse que as coisas podiam continuar por mais tempo:

— O caro colega é forte, agüenta.

Transformei-me numa enorme pústula, as articulações já frouxas e luxadas se arrebentaram de vez, a pele recoberta por espessa e purulenta crosta que tapava os rasgões produzidos pelas quinas e irregularidades do instrumento. Não cessava de ouvir palavras ditas com pegajosa e clerical doçura ou com mal disfarçado ódio:

— Filho, para que sofrer?, sofremos com você, fale, fale, diga nomes! Aceite Nosso Senhor Jesus Cristo!, fale, filho de uma cadela judia!

11

De volta a minha cela, lugar familiar, nessas alturas até desejado, o carcereiro, eu devia tratá-lo como Senhor Alcaide[42] do cárcere, acompanhou-me desde o momento de minha prisão, sujeito vil e bugre, alimentado e bem, pois engordava como um porco cevado a cada dia graças ao dinheiro das gorjetas que minha família lhe dava, foi a primeira vez que trocou palavras comigo, disse:

— O patrão está a se comportar como um muar. Deve falar. Qualquer coisa. Falar sem parar. Delatar. Aproveite e foda com os desafetos. Ou amigos. Parentes. Com quem quiser. Os patrões querem informações e nomes, senão ficam sem emprego. Eu também. Na próxima vez, fale. Não espere o chamado, mande avisar que quer falar, eles ficarão felizes.

— Falar o quê? Nem sei de que me acusam.

— Isso eu já não sei. Só aprendi a prender e a bater. Mas, fale, senão eles o matam e depois lhe relaxam em estátua[43].

— O que é isso?

— Ora! Desenterram e queimam os seus restos.

A idéia que meus restos pudessem ter um fim tão inglório e desonroso me entristeceu e preocupou.

Sábio o conselho de meu carcereiro. Mas seus efeitos! Falei, como falei!

12

Vi o braseiro aceso, quando da nova sessão. Devia ser madrugada, pela fome que sentia, ansiava pela única refeição do dia, um caldo de couve ralo, mas, morno. Certamente era servido pela manhã, pois eu adivinhava o cheiro de café com leite que emanava do hálito dos guardas, quando o traziam.

Estava deitado no chão, os juízes, acusadores *et caterva*, alojados em altas cadeiras. Saboreavam, guardanapos e babadores no pescoço, delicados *sushis* e *sashimis*. Eu via cores! Farejava odores quase esquecidos! O salmão deixava traços róseos no ar, antes de penetrar nas bocas dos comensais. O branco do *hadock* se fazia nuvem fosforescente. Os arenques salgados, que saudades!, traziam a brisa do Mar Báltico misturada com o aroma de cebolas picadas e vinagre. Todo o colorido e perfume do Mediterrâneo penetraram minhas narinas quando vi e cheirei as sardinhas fritas com temperos das Índias! Com total indiferença à minha presença, comiam elegantemente com pauzinhos, um serviçal untava as porções com gengibre ralado e molho de soja. Serviam-se de saquê aquecido, oferecido por lindas gueixas em delicados e decorados copos de porcelana casca de ovo. Entretinham-se, ouvindo pela décima vez a *Cavalgada das Valquírias*, quando um monge-representante-vendedor entrou, apressado:

— Que Jesus Nosso Senhor nos proteja, senhores, tenho novidades. Exibi-las-ei.

— O que será que vem hoje? — exclamou o torturador-em-chefe de turno —, mal a gente se habitua e lá vem mudança! Tome lugar à mesa, caro colega, ouviremos as novidades após a sobremesa.

Frutas foram servidas, nunca vi tal abundância. Um Inquisidor-poeta-bobo-da-corte declamou:

— Mexerica, morgote, poncã / Uva, abacate, maçã / Fruta do conde, pitanga / Pêra, ameixa e manga. / Carambola, piqui / Acerola, framboesa / Nunca vi tão linda mesa! / É coisa que Deus nos deu! / Por quê? Raios me partam! / Passo as noites em claro / A interrogar um judeu?

Encantaram-se todos com o improviso e fingiram atirar moedas ao bardo, em sinal de agrado. Serviram-se de café e licores e a um sinal do prior, o monge-vendedor fez breve introdução.

— Perdoai-me pela hora inusitada em que adentrei este salão, bem como pelo incômodo que causei ao interromper o belo ágape. Senhores, foi decidido que devemos começar a modernização de nossos meios de tortura e quero exibir alguns novos instrumentos cirúrgicos...

— Acho que você errou de local — interrompeu um juiz —, qual a serventia de instrumentos cirúrgicos, aqui?

Todos riram.

— Com a permissão de V. Exa., quero lembrar que no Concílio de Wansee foi decidido que os eufemismos, doravante, serão parte integrante da linguagem do dia-a-dia. Como, aliás, têm sido, ainda que sem a devida regulamentação. Não falamos judeus, que é quem trucidamos e, sim, cristãos-novos e com boa e justa fundamentação, pois torramos aqueles que se converteram à nossa fé, devido à nossa bondade e tolerância inatas e enraizadas, coisa que só nossa religião permite, mas que nos trairam, voltaram escondidos à fé antiga, blá, blá, blá. O judeu é o judeu, ainda não traiu, pois não se converteu! Mas, sem qualquer sombra de dúvida, será devidamente convertido e transformado em perigo público, para isso estamos onde estamos e somos o que somos! Não se fala em massacre e extermínio total da vermina judaica! Elegantemente, a expressão recomendada é "solução final". Muitos judeus também são totalmente eufêmicos e hipócritas quando se autodefinem. Referem-se como israelitas, nome neutro, trás reminiscências agropastoris, tribais, desérticas e nomádicas, pois acham o nome judeu carregado de veneno, que na verdade, nós, dignos e fiéis cristãos-velhos e puros, inserimos, através dos séculos, com o conteúdo negativo subjacente a tal palavra! Permitam-me exibir os novos materiais cirúrgicos.

Queremos renovação! Materiais novos e mais eficazes. Fabricados na InquiSiemens® Inc. Gesselschaft, com aumento dos custos, afinal quem pagará as despesas serão os hereges! Máquinas semidescartáveis, periodicamente terão de ser trocadas. O operariado urbano agradecerá, os sindicatos não reclamarão a falta de empregos. Colaboração total: mais cristãos-novos interrogados, mais postos de trabalho. Já vislumbro um *slogan*, pendurado em faixas pela cidade: "Um judeu ao verminário. Dez empregos de operário!"

Não é maravilhoso? Criaremos uma nova economia. Autosustentada. A partir da zerificação. Deles. É como se a comida mastigada, digerida e evacuada gerasse um novo prato. Sem custos. Findam-se os ciclos do ouro e do açúcar. Começamos o ciclo da dor!

Bem, senhores, ao trabalho. Aqui temos uma variante da chibata. Parece um espanador, fios moles e delicados. Esses espessamentos nas pontas escondem estrelas de ferro afiado. Antes de seu emprego, as cordas são embebidas numa solução aquosa de sal e enxofre. O paciente é chicoteado, pode ser de leve, suas carnes são atacadas pelos químicos, as feridas são banhadas na mesma solução, agora em ebulição. Em poucos dias músculos e aponevroses se dissolvem, aparecem os pulmões, fígado e intestinos, como se fossem estruturas superficiais. O espanador-descascador. É espetacular! A coisa mais dolorosa que presenciei! Custo elevado, sustentará mais de mil plebeus fabris cristãos-velhos, que fabricarão os componentes. Posso vender para este escritório uma tonelada mensal, vocês cobram de seus judeus quanto quiserem, quero 40% por fora, darei o número de minha conta na Suíça, os banqueiros desse país entendem nosso trabalho, acho que até o apóiam, outros 40% ficarão para o vosso chefe, os 20% restantes serão contabilizados e lançados como despesa do Santo Ofício e da Coroa. Eles que se virem para se ressarcirem! De qualquer modo, os judeus pagarão a conta.

— Magnífico — resmungou um Inquisidor —, só quero, mais tarde, discutir minha porcentagem.

Ele prosseguiu:

— O garrote⁴⁴ pode ser melhorado, acrescentando-se a ele, na altura do bulbo cerebral, ou seja, da coluna cervical, um pino metálico saliente. Chamamo-lo de versão catalã, desenvolvido que foi na Catalunha. Ao mesmo tempo que o pescoço é comprimido pelo colar de ferro, com o conseqüente esmagamento da laringe e traquéia, o pino penetra e rompe as vértebras cervicais, até auxiliando a compressão da via respiratória. Ao contrário do que parece, o pino não acelera a morte, mas, com certeza, prolonga a agonia, que é o que desejamos. Para a adaptação desse pino — a operação poderá ser lançada como despesas de manutenção na contabilidade de Vs. Ss. — cobraremos uma quantia elevada, é óbvio, senão não teremos o que dividir.

13

As mulheres mereceram atenção especial de nossos engenheiros e anatomistas. Este é um desgarrador de mamas. Uma pinça dupla de dimensões maiores, quatro pontas afiadas e feitas à maneira de anzóis, para que se prendam com firmeza no tecido mamário, assaz gorduroso porém mole. Deve ser empregada, de preferência, à temperatura do ferro ardente, as saliências mamárias são, pode-se dizer, dissolvidas e com um movimento de torção são arrancadas. Bruxas e judias ficam sem as tetas. Urram de dor, sangram aos esguichos, um instrumento precioso! Mesmo esquema de financiamento da chibata descascadora. Muito rendoso.

Esta é a pêra vaginal. Um espéculo, como outro qualquer. Mas só na aparência. Suas asas são abertas por meio de uma rosca, e surpresa!, surgem pontas metálicas que rasgam o fundo da vagina e o colo do útero. A abertura das asas é tão ampla que toda a vagina e o períneo podem ser dilacerados, sem esforço! Vale a pena vê-la em ação! As mulheres confessam tudo que for ou não solicitado, da morte de Ramsés II ao incêndio do Reichstag. Uma judia velha renitente e negativa afirmou, durante o tratamento, que orava pela boa saúde de Judas e Satanás, que era amante do papa, encontravam-se todas as sextas-feiras para sessões de conjunção carnal ao estilo sadomasoquista.

— O Papa é bom de cama — afirmou, e tanta mentira dizia pensando que verdades fossem dado às dores que sentia, que nosso chefe mandou cortar suas carótidas antes que falasse mais fatos comprometedores, as coisas fugiram do controle.

Há uma variante para uso retal, em forma de cacete, apelidada arranca-cu, indicada para tortura dos sodomitas e outra para aplicação oral, pode ser recoberta com creme apimentado, para os que pecaram com a palavra ou com a língua...

— Quero uma dúzia das vaginais — interrompeu um Inquisidor —, tenho freguesa que experimentará essa maravilha! Uma judia impenetrável, quem podia imaginar, vou deixá-la totalmente arrombada!

— Tenho grande variedade de instrumentos. Cintos de castidade forrado de pregos, esmagadores de crânio, de articulações, um especialmente desenhado para falanges, absolutamente artístico, uma obra de arte! Sugiro que sejam introduzidos na prática, aos poucos, senão se desvalorizam os instrumentos antigos, o que não é desejável, pois poderão ser vendidos às subsidiárias.

Espero que todos tenham compreendido a importância econômica de seu uso. E da nova nomenclatura, afinal, não se sabe o dia de amanhã.

O monge-vendedor, acompanhado pelo assessor econômico, dirigiu-se ao escritório, para anotar os pedidos.

Fiquei abandonado no chão frio até o final do festim, quando fui removido, juntamente com os pratos e talheres.

14

As coisas prosseguiram, como sempre.

— Fale! — ordenou o promotor do dia, vestindo luvas de boxe de titânio-vanádio.

— Claro. Quero dizer aos senhores...

— A este egrégio e santíssimo tribunal e nobilíssimos juízes! — advertiu-me um capuchinho alterofilista, arrotando um bafo divino de salmão cru.

— ... a este Egrégio e SantíssimoTribunal e aos Nobilíssimos Juízes, que cometi, talvez sem me aperceber, inúmeros e inomináveis crimes. Fui à escola, bem, não trabalhei até os vinte anos, pois meus pais me sustentavam...

— Nomes, queremos nomes!

— Já, Excelências. Diplomei-me em Medicina e exerci esse mister por toda minha vida. Posso afirmar que atendi a todos, indistintamente e ...

— Mentiroso — disse um juiz, sujeito de ar desagradável, trajando uma casaca roxa sobre a batina lilás, com condecorações de todos os graus possíveis e imagináveis da Cruz Vermelha Internacional, penduradas por toda parte —, você não se abalou, sequer piscou quando houve uma epidemia de febre silvestre entre os índios da baixa Amazônia. Temos inúmeros e verdadeiros testemunhos.

— Eu não soube de nada!

— Porque não quis.

— Também atendi, por muitos anos da minha vida, graciosamente, num hospital...

— Seu atendimento gracioso aumentou a população de pobres e ladrões potenciais e reais do município! Um sujeito que você curou de febre tifóide assassinou a mãe e estuprou a filha, depois de enforcar o pai e quatro tios, para roubá-los e comprar drogas.

Foi ovacionado e efusivamente cumprimentado pelos demais juízes, um deles com calções curtos, chuteiras de salto alto e um apito na boca, outro, com a face, feições e catadura de gorila. O escrivão murmurou e anotou, no computador: genocida, agitador, pertinaz, renitente, formador de quadrilhas, peculatário.

— Garçom, traga comida para o herege! — meu Procurador ordenou.

O braseiro telecomandado aproximou-se, veloz.

— Minha avó, meu avô! Heréticos incompreensíveis e contumazes. Tinham um cachorro chamado Aba Avi que, nas noites de lua nova, se transformava num bode velho e mau cheiroso, a boca cheia de enxofre em chamas e...

— Nomes de pessoas vivas!

PRISÃO

— Claro! — e gritei com fúria: — Pelé! Kafka! Barbara Streisand! Caim! Fui interrompido por uma brasa enfiada na boca. Enquanto desfalecia de dor, ouvia, de longe, passos que se afastavam: — Ele é louco... não quer falar... o que interessa o que fez ou se era ou não interessado... danem-se todos os médicos, por falar nisso vou dosar meu colesterol e lípides totais amanhã, meu cardiologista mandou, filho da mãe, quer acabar com a grana que eu arrecado desses hereges, esse mês foi fraco, só faturei 15$000... vamos a meus aposentos, vão jogar Brasil e Alemanha, tremendo jogo, poderemos tomar umas e outras e jogar um pôquer... Torquemada passou um fax, quer saber que roupa vamos usar na festa de Natal, ele odeia e faz cenas quando um de nós veste roupa igual a sua, parece uma bicha louca.... vocês sabem que a Hoecht® paga à SS para ter judeus em bom estado físico para experimentos médicos?.. essa imigração de nipônicos e demais orientais me preocupa, são diferentes, só se casam entre si, xintoístas, que será isso?, vamos ficar sem identidade!, só servem para fazer comida e lavar roupa... merda, derrubaram bem agora esse muro velho de Berlim, vamos perder mais da metade da clientela... que bobagem!, irmão, surgirão outros idealistas... sempre teremos os judeus e as bruxas, os abençoados — que Deus me guarde de tal mal! — aidéticos... o que me preocupa, irmão, é que esses judeus, malditos e excomungados sejam!, amém! amém!, a cada dia que passa, são mais difíceis de se lidar, como direi?... algum idiota vai acabar encontrando a cura da AIDS... sempre teremos os veados, é claro, mas até isso!...ingênuos!, e os pobres?, os marginais, os desiludidos?... você se esquece dos negros, dos mulatos... dá para matar por uma porrada de tempo... não se esqueça dos favelados... acho 40% pouco, todo o trabalho braçal é nosso... como será esse cinto da castidade?, as agulhas ficam para fora ou para dentro?...

15

Acordei com a voz do Alcaide carcereiro:
— Melhor, patrão, só falou bobagens mas, pelo menos tentou falar. Não se preocupe, essa queimadura se resolve.
Anos de monotonia. Eu apenas falei. Nada disse.
Dormia no chão ou sobre um amontoado de palha putrefeita e úmida. Uma vez, a cada sete dias, faxineiras recolhiam minhas fezes amontoadas num canto e a lata de urina. Elas se admiravam de não encontrar baratas, lagartixas e piolhos na cela. Eu os comia, uma fonte pobre, mas segura, de proteínas, ajudaram-me a sobreviver em condições mais aceitáveis. Meus dentes se afrouxaram e caíram, minhas gengivas ficaram em carne viva, o escorbuto me atacou, meses se passaram até que uns limões fossem contrabandeados.
Desde que vivia e me arrastava por locais sem janelas, nunca soube o horário de trabalho do tribunal. Periodicamente, eu o visitava. Pelo ritual, deveria manter-me ajoelhado perante a mesa, mas como meu estado não permitia a posição, permitiam que eu ficasse deitado.
Ouvia:
— Confesse!
Respondia o que me vinha à cabeça, as tentativas de construir um discurso prévio sistematicamente falhavam, os acon-

tecimentos me desarmavam. Se as respostas — eu continuava a ignorar as acusações! — fossem consideradas satisfatórias, as torturas eram leves, pequenas queimaduras nas costas e algumas horas no pau-de-arara, novo instrumento para obtenção de confissões (o criador de tal dispositivo foi premiado na Feira de Inventos Úteis de Varsóvia, São Paulo e Buenos Aires). Após alguns minutos, as dores eram intoleráveis. Ou cobra-viva, a ponta de uma mangueira era introduzida na minha boca, ladeada por trapos para que eu não pudesse cuspir e a água jorrava livremente, um fluxo elevado, levando-me a acessos de tosse e sufocação, minha barriga estufava de tanto líquido ingerido, eu mijava por horas a fio, eles gargalhavam e cantavam:

— Heu, heu, heu! olha o mijo do hebreu!

Ou:

— Pédico, lédico, ortopédico! como mija esse médico! — os versículos e cançonetas variando segundo o interrogatório do dia (ou da noite). Conheci o telefone. A manivela.

— Um brinde! — propôs, certa vez, um frade tonsurado, enquanto empunhava uma taça de vinho —, à glória de Nosso Senhor!, repita, herege.

Eu repeti e brindei com óleo de rícino[45]; fui forçado a tomar vários litros. Além de abomináveis cólicas, fez-me, literalmente, cagar o fígado, a alma e outras partes. Eles se torciam de tanto rir, enquanto me desidratava, quase morri. O filtro de poluição[46] foi efetuado na garagem dos senhores inquisidores, onde me levaram encapuzado, num imponente BMW negro.

Também era deitado sobre uma mesa metálica; era um sinal do desagrado que as respostas do dia haviam provocado, meu corpo molhado com água salgada, submetido a choques elétricos. Era um suplício muito doloroso mas ineficaz, pois eu desmaiava depois de poucas descargas.

O tempo passou, as sessões começaram a ficar repetitivas. Não tinha mais unhas para serem arrancadas, nem falanges para esmagar, acho que nem articulações para desarticular. Quando me deitava junto à mesa do Tribunal, todos tapavam o nariz. Pressenti um desenlace próximo. Se aquilo continuasse, eu simplesmente morreria sem nenhum aviso prévio.

Os inquisidores, com freqüência, ficavam conversando entre si, quase não se importavam mais com minha presença. Ouvi palavras e pedaços de frases:

— Não tem mais serventia... vocês sabem?, aquela comunista judia grávida... sim, aquela mulher lindíssima que Monsenhor Felinto despachou para a Alemanha já virou pó, logo depois de parir... sim, sim, vi o fax de Himmler... Brasil... carnaval, cervejinha, futebol, cacau... mulatos... não dar batata-doce, nem feijão ou couve... corre o risco de explosão... queima excessivamente rápida... aceitará?... é difícil compreender, o cara não se porta como judeu, nem como cristão... consultar Goering...

16

Na última sessão, bradei, antes de qualquer questionamento, todos os nomes que me vieram à mente:

— Napoleão, Cruiff, Freud, Miguel de Cervantes, Aristóteles, Don Quixote, José do Egito, Potifar, Dulcinéia Del Toboso, com certeza, bruxa e socialista.

Mal terminei, todos silenciaram e se inclinaram em reverência, pois adentrava ao salão o próprio Bispo Grão Inquisidor-Mor pela Graça Divina Real e Papal da região, precedido por um séquito de freirinhas e padres-efebos da Ordem Erotizante dos Últimos Tempos. Nunca meus olhos viram grupo tão bonito, cantavam e dançavam com graça, harmonia e santidade autênticas. O Bispo, tamanha sua bondade, carregava fama de santo e também de milagreiro, diziam que multiplicava, com a mágica da diluição aquosa, o vinho da missa, além de curar para e tetraplégicos.

A câmara de torturas foi profusamente iluminada, o evento seria filmado, entraram diretores de cena, móveis e aparelhos foram mudados de lugar.

— Não quero erros nem hesitações — instruía Herr-Director Goebbels ao Senhor Bispo —, repita a mesma baboseira até que seja aceita como verdade. Não se iniba, fale o que quiser, farei os cortes e acréscimos que forem necessários.

Fui carinhosamente desamarrado do potro onde estava há várias horas, posto sobre um divã, massageado pelas freirinhas com o mais puro e virginal azeite de oliva. As rasgaduras mais recentes de minhas costas foram suturadas, senti o delicioso ardor do anestésico local. Vestiram-me lindo pijama zebrado, limpo, passado e novo. Os números tatuados em meu antebraço foram apagados sob camadas de espessa maquiagem. Os físicos mediram meu pulso, temperatura e pressão, era a primeira vez que o faziam, e no ato, foi receitado e recebi um analgésico morfínico, que em alguns segundos me fez atingir um estado próximo do nirvana, abolindo qualquer sensação de dor ou desconforto. Um frade-efebo ofereceu-me uma poltrona, falando com gentileza:

— Tome assento, senhor réu.
O Bispo, nessas alturas eu via sua cabeça envolta por um halo de luz, aproximou-se e estendeu-me a mão. Exibia um rubi do tamanho de um melão, engastado num anel de platina, artisticamente entalhado na forma de uma mulher de lábios grossos e tesudos. Pedra erótica e convidativa. Era para que eu osculasse, segundo o roteiro do Herr-Director, o que não fiz, desabituado que era a ato tão repugnante e servil. Ignorando meu gesto, perguntou-me com doçura:
— Melhor agora, filho?
Enterneci-me ao ser chamado de filho. Se tão importante autoridade me visita e me trata com tal doçura, quem sabe se aperceberam da iniqüidade do que cometeram, pensei. Já me via na minha antiga casa, meu carro lavado à porta, minha cama de pau-preto reposta no lugar, gostosa e convidativa, preguiçosamente deitado sobre lençóis de cabaia lavados e perfumados, sob quente e macio cobertor, lutando, como sempre fiz, para acordar cedo, beber a revigorante e forte infusão de café e caminhar até o hospital, onde os doentes me aguardavam.

Esse homem santo contemplou-me dentro dos olhos, puxou da manga da batina uma imagem de madeira pintada de Jesus com todas as feridas e pregos e falou, com a voz mais cândida que eu jamais ouvira:
— Aceite-o! É tudo que lhe peço. Ele morreu na cruz para nos redimir. A todos os homens. Abra seu coração empedernido para a verdadeira fé. A Igreja quer você no seu seio.

As câmaras voltaram-se para minha direção, os inquisidores sorriam, lágrimas escorriam dos olhos do Alcaide carcereiro.

— Ninguém quer o seu mal — continuou o Bispo —, queremos salvar sua alma pecadora.

Ele aproximou a imagem de meus lábios, eu deveria beijá-la como sinal de aceitação. Os iluminadores fizeram os focos de luz convergir sobre meus lábios. A sala estava silenciosa, todos aguardavam o desfecho e eu gritei:

— Tirai-o lá! Tirai-o lá[47], tira isso de perto de mim!

O Bispo-homem-santo deu dois passos para trás, persignou-se e virou-se para os inquisidores:

— Que Deus o amaldiçoe! A morte no fogo é pouco para ele. Uma vez judeu, sempre judeu.

Fui retirado da confortável poltrona aos bofetões, arrastado pelos cabelos e açoitado pelos corredores.

Mudaram minhas sobras para a cela 19, senti a proximidade do fim.

O número 18 da cela anterior, por alguma razão que me escapava, tornou-se símbolo de sobrevivência. Não filosofei em excesso: o 19 era um número primo, nada mais que o 18+1.

— Nada o divide, exceto ele mesmo ou a unidade — falou-me, certa vez um rabino místico, estudioso da Gematria, que encontrei nos escuros corredores, enquanto era conduzido para interrogatório pela barba, braços e pernas completamente desarticulados e pendentes.

17

Passado algum tempo, minha alimentação melhorou, agora eram dois pratos de caldo de couve, todos os dias, até uma espinhela de peixe para chupar de vez em quando e toda água que quisesse tomar. Um médico-cirurgião-barbeiro-farsante--ortopedista enfaixou minhas articulações, fez-me sessões de fisioterapia. Um colega cirurgião plástico aplicou injeções de silicone nas minhas bochechas, simulando engorda e boa nutrição. Era evidente que pretendiam melhorar meu visual.

Para minha surpresa e emoção, fui banhado e perfumado, irradiado com raios ultravioletas, maquiado com carmim e, em seguida, conduzido ao Grande Salão Inquisitorial, onde se realizava o Baile Anual das Debutantes da Sociedade Inquisitiva. Festa magnífica. Tinha conhecimento dela pela leitura dos jornais, nos tempos de homem livre, pois a celebração era matéria de destaque nas colunas sociais e de economia. As debutandas da alta burguesia ascendente e da elite nababesca e financeira eram apresentadas à sociedade.

As jovens desfilavam ao lado dos orgulhosos pais, sob os olhares da mídia televisiva e jornalística-literária. O Auto da Fortuna. Vinham majestosas, numa longa fila coleante, olhares lascivos, nuas como quando vieram ao mundo, as partes pudendas decoradas com esmero, seus nomes e títulos eram anunciados por atores famosos. Algumas caminhavam sobre as mãos, na clássica posição de "plantar bananeira", as bundas fofas e musculosas voltadas para cima.

Seus pais portavam cartazes com dizeres que especificavam o grau de nobreza do clã, a pureza de sangue da família — havia uma árvore genealógica que demonstrava que seus portadores, passando por Abel, chegavam até Adão e Eva e a Cobra, conforme certidão do cartório e cúria locais —, bem como rol dos bens e posses. Alguns eram tão extensos que, mesmo escritos em letras miúdas, necessitavam do auxílio de

PRISÃO

dezenas de empregados, servos da gleba e escravos para carregá-los.
Os convidados e fidalgos exclamavam:
— Oh! Quantos terrenos!
— Oh! Que belo cu!
— Vejam só, propriedades em Miami!
— Nunca vi grandes lábios tão sorridentes!
— Puxa! Daria a vida por esses brilhantes!
Devia ser época do Natal, não faço idéia de que ano, perdi a noção do tempo decorrido desde minha prisão, pois banqueiros, industriais e proxenetas da elite, vestidos com trajes de Papai Noel, disfarçando as armas de fogo e corte, que usualmente carregavam, distribuíam, sob olhares agradecidos das classes populares, alimentos, miçangas, colares de vidro e espelhos. Ouvi quando o dono de uma cadeia de supermercados sussurrou a um Ministro:
— Porra, meu!, ainda bem que teu ministério empacotou os grãos e legumes e os trouxe para cá. Estavam apodrecendo e eu ia gastar uma nota com o trabalho de levá-los até o lixão municipal. Muito obrigado!
— Obrigado, o escambau! — respondeu o Ministro —, depois eu mando minha assessora procurá-lo e você acerta a grana com ela, os habituais vinte por cento.
— Claro, amigão. Valeu!
Eu estava convenientemente amordaçado, equilibrado sobre um poleiro, numa ornamentada e reluzente gaiola de acrílico e aço escovado que foi pendurada no centro do salão. Um luminoso anunciava *homunculus judaicus*.
Lindas damas da classe alta se aproximavam em grupos, guiadas por frades-monitores, que davam aulas sobre a anato-

mia dos genitais dos judeus machos, despertando exclamações de espanto dessas senhoras, várias das quais nunca haviam, por pudor ou falta de imaginação ou restrições de seus confessores, contemplado um pau, quanto mais um pau circuncidado. Eu vestia um bustiêbenito curtíssimo, mal me atingia a cintura. O cabeleireiro havia penteado meus pêlos púbicos, após remover os piolhos, à maneira das tranças dos judeus piedosos e as damas riram-se muito de tal detalhe, uma delas até perguntou o endereço de tão criativo *coiffeur*. Lembro-me de que ouvi uma pergunta inteligente (a burguesia sempre, como nas aulas do colegial e conferências, se destacou pela inteligência das indagações), quando uma gentil e fremosa dama inquiriu:

— Como se reconhece uma judia, já que não tem diferenças anatômicas com as mulheres da verdadeira e única fé?

— É um problema sério — retrucou o frade-guia-especialista —, o *Manual do Gineco Inquisidor*, páginas 7 a 12, explica que elas só são detectadas pelos hábitos diários, totalmente subversivos: lavam-se, com rigor extremado, todos os dias, em particular, às sextas-feiras; nesse dia, antes que as primeiras estrelas apareçam, já tem suas casas varridas, elas o fazem de fora para dentro, recolhendo o pó. Uma vez limpas e embelezadas, elas acendem velas, fazem esquisitos gestos de passar as mãos sobre os olhos e oram numa língua bizarra e desconhecida. Nada têm a ver convosco, gentilíssimas damas, pois tão imundas são elas que precisam banhar-se! Não como vós, que não lavais vossa nobilíssimas, bacalhoentas e cheirosas partes pudendas, a não ser no fim do ano. E isso, quando vos banhais! Loucura de uma raça maldita! Imaginem que quando impuras, elas querem com isso dizer, perdão pela sórdida palavra, menstruadas, não se dão a seus maridos, ou seja, não copulam nem se acasalam, pois alegam ter nojo do sangue! De todos os sangues, até dos animais! Matam frangos e galinhas com uma cutilada no pescoço e vertem o sangue num buraco feito na terra ou num monte de palha, juntado na cozinha ou quintal, para este fim. Lavam esse frango com água e sal, com o intuito pecaminoso e sórdido de retirar toda e qualquer partícula de sangue! Eles têm raiva do sangue! E de mais coisas que nós apreciamos. Não saboreiam lagostas, nem um marisquinho ao vinagrete! Que perigo! Não permitem que seus filhos apontem para as estrelas, pois afirmam que tal gesto, coisa tão inocente, leva ao aparecimento de verrugas! Sabemos que procuram as primeiras estrelas para lhes indicar o início do sabá! Exigem que seus rebentos as beijem quando adentram à casa, em seguida os abençoam, passando a mão por seu rosto e peito! Pior, são sedutoras, vestem-se e perfumam-se com esmero, trabalham, lêem, sabem escrever e fazer contas.

Com risinhos e sussurros:

— Imagine só, trabalham, sabem ler e escrever!, lavam-se, de tão sujas que são! — as damas se afastam, pois vão contemplar um pobre, exposto em outra gaiola, anunciado como *homunculus plebeus*. Percebo o sucesso desencadeado pela sua exibição, categoria, pelo visto, desconhecida e nunca dantes contemplada por essas senhoras. Está ao lado de um gambá, posto lá para disfarçar o cheiro pavoroso que emana do pobre.

O Presidente-Rei-Dirigente-Ditador-Líder-Führer, sob os focos das câmaras e microfones da imprensa mundial, beija uma criança, sustentada pelos assessores, logo após presenteá--la com uma boneca barbie vibratória hermafrodita e um gigantesco maço de nabos. O Ministro da Educação anuncia que essa criança-símbolo aprenderá, sob custas do Estado, sem nenhum ônus para os pais, a ler as letras vogais e a contar até 5.

— Onde estão seus pais? — quer saber o chefe do cerimonial.

Seus assessores e informantes comunicam que não existem:

— A mãe morreu de septicemia pós-parto. Ou de desnutrição, anemia, verminose, hemorragia, corpo estranho no abome ou atropelada. O pai foi metralhado, pois era bandido, operário, desempregado, traficante, sem terra ou qualquer coisa do gênero.

— Pô, saia por aí e me arrume um casal, precisamos dele para as Fotos Oficiais da Família Pobre e Feliz. Depressa!

Um casal é trazido da rua, agarram-se à criança que urra de pavor, as fotografias são feitas; o Presidente, o casal, a criança, os nabos, a boneca vibratória, secretários de Estado, capangas e puxa-sacos estarão, amanhã, na primeira página dos jornais. Retocadores da escola staliniana de artes plásticas terão apagado o catarro e ranho que escorre aos borbotões do nariz da feliz criança, bem como as rugas do pescoço da primeira-dama e as manchas de mijo e restos de salgadinhos das calças dos secretários. O maço de hortaliças será transformado em flores-do-campo e incisivos serão acrescentados ao sorriso esburacado dos "pais". Todos choram. A emoção é demais, palpável, gosmenta, atinge minha gaiola.

— Como somos bons! Os pobres desse país têm tudo! Que Natal feliz eles terão! Se não têm pão, que comam nabos! Banqueiros do mundo, uni-vos!

18

Sociais e indolores foram as semanas subseqüentes. Todos os dias apareciam confessores, inquisidores, juristas e rábulas. Nobres e curiosos. Fotógrafos e ilustradores, equipes de televisão. Os interrogatórios formais haviam terminado. Todos vinham para um dedo de prosa. Meu destino já estava definido, mas um sentimento de intranqüilidade me dominava. Eu estava nas mãos de psicopatas clericais, gente capaz de tudo para demonstrar algum ponto obscuro de suas doutrinas. Ou, simplesmente, poder. E se tudo recomeçasse?

Certo dia fui visitado pelo Professor Wirtz, sumidade médica, pesquisador-em-chefe de algum Campo de Concentração alemão. Estava acompanhado de vários colegas e guardas SS. Fui dominado pela emoção, estudei e muito, quando me especializava, nos tratados sobre doenças do fígado que esse mestre publicou.

Ele e os colegas me examinaram: o professor demonstrou nova técnica de palpação da borda hepática, trocaram palavras em alemão, língua que não domino, riram-se e se foram. Foi-me traduzida sua conversa e, entre gargalhadas, soube que escapei de ser mais um "judeu de Estrasburgo". O eminente mestre usava judeus e judias para seus experimentos de infiltração gordurosa do fígado à maneira tradicional dos fabricantes de *paté de foie gras* daquela cidade: metia um funil goela adentro dos seres escolhidos e atochava gorduras, substâncias tóxicas ou qualquer outra merda que achasse de bom alvitre estudar. Após o tempo considerado útil para o estudo, os entes hebreus eram mortos com uma paulada na nuca e seus fígados e demais partes cuidadosamente analisados. Éramos mais baratos que uma cobaia e de obtenção mais fácil. *Paté de foie juif!*

Um inquisidor explicou-me que ser ou não herege ou pecador não tinha a menor importância, mas que não era possível aceitar minha atitude de desdém às coisas sagradas. Evitei qualquer discussão sobre fé ou matéria teológica, não tinha nenhum preparo para isso e não sabia se era um pretexto para um retorno aos tormentos.

Essas conversas ilustraram quanto eu estava por fora dos usos e costumes. Ele discursou sobre alguns detalhes do processo que sofri. Somos a polícia, promotores, levantadores das provas, carcereiros, juízes, advogados da defesa, o júri, até coveiros e o que mais você quiser, disse. Aprendi que fui indiciado por rumores públicos, finalmente constatados e repetidos por inúmeras testemunhas. Eu deveria tê-los atinado, em seguida, inculpar-me e fornecer documentos e acusações para inculpar mais pessoas.

— Por que eu fui torturado?

— Ora, está nos manuais: tortura-se o acusado para fazê-lo confessar os crimes de que é acusado. É simples, as tuas respostas, quando existiam, variavam. Se tantas testemunhas afirmaram a existência de delito, quem é você, um judeu de merda, para negá-lo? Na verdade, procedemos com boas maneiras, na fase inicial do processo, seguindo o prescrito nos regulamentos. Com exortações, incomodidades da prisão, exibição, apenas, dos tormentos. Algumas torturas leves. É por certo um costume louvável aplicar tortura aos criminosos, desde que valham como castigo, ninguém está aqui à toa!, mas saiba que eu reprovo esses juízes sanguinários que, por quererem vangloriar-se, inventam tormentos de tal modo cruéis, que os acusados morrem durante a tortura ou acabam por perder alguns dos membros[48]. É um problema, de repente, está lá uma perna, um braço ou uma língua jogados no chão! Achei até uma bola do saco com restos de epidídimo pendurada nas cordas da polé! Não lhe falta nenhuma parte! Se é para matar, que se mate de uma vez e por inteiro! Não há o que estranhar, sempre se torturou, as mulheres que o digam! Se são belas podem ser acusadas de sedução e bruxaria, portanto se enfeiam e escondem as formosuras que porventura tenham sob um manto de sujidade e roupas velhas. São emprenhadas seguidamente, ano após ano, assim suas partes desabam e são obrigadas a ficar em casa, tanto para esconder sua aparência como por falta de forças. Apanham de seus pais, irmãos, maridos e filhos machos que descarregam nelas todas frustrações! Quando se comportam como homens serão tachadas de putas e rameiras. Assim se tortura! Disfarçado sob o uso e costume antigo.

Nem que você fosse absolvido seria decretada sua inocência! Apenas uma declaração de falta de provas, o enunciado de uma fórmula consagrada[49]: "Após invocação do Santo Nome de Deus, declaramos que nada há de legitimamente provado contra ti que possa fazer com que sejas considerado suspeito de heresia..." Percebeu?, é como se julgássemos o julgamento e não o réu! Pois suspeitos, quiçá culpados, vocês sempre serão!

19

Ele trouxe em sua companhia, certa tarde, duas psicólogas, vestiam disfarces carnavalescos, uma de bumba-meu-boi, a outra de Colombina. Tratava-as — evidentemente eram codinomes — de Saducéia e Fariséia. Estavam interessadas nos aspectos holísticos e naturistas da Mente Heretizante. Conversamos por algumas horas, sob suas vistas. Saducéia fez-me perguntas sobre minha primeira infância, relacionamento com professores, primeiros namoros, sensações positivas e negativas das primeiras bolinadas, coisas que tal. Não deu a menor atenção para minhas respostas.

A doutora Fariséia foi mais direta, quis saber sobre relações incestuosas, bestiais, carnais, se nasci de parto pélvico em noite de plenilúnio, desvios de conduta, prisão de ventre, uso de tóxicos, tratamentos prévios com eletrochoques e sedativos, se eu tinha pavores e ereções noturnas e até que idade mijei na cama. Também foi desatenta quando eu tentava responder, pois que me interrompia antes que eu terminasse e passava à questão seguinte.

Aplicaram-me testes e passaram a discutir animadamente entre si. O inquisidor olhou-as, curioso, elas disseram que eu era um caso simples de SRT (Síndrome de Rejeição a Tudo), um tipo de anarquismo simbólico e neurótico, porém deliberado e racial, matéria discutida e esgotada na última Convenção de Psicologia Unificada Ariana:

— Em síntese, é um fóssil do pensamento, uma relíquia pré-histórica. Como pode um ser isolado declarar-se, nem que por omissão, contra uma tendência universal que todos aceitam? Está na contramão dos Novos Tempos, agarra-se à estrela de seis pontas, não é capaz de enxergar que o mundo quer a cruz cristã ou a suástica, nem que simbolicamente. Ele não sabe que "o inconsciente ariano contém tensões e germes criadores de um futuro ainda inexplorado, que não pode se desvalorizar como romantismo infantil, sem pôr a alma em perigo. Os povos germânicos (hispânicos, argentinos, búlgaros, russos, brasileiros, enfim, todos) que ainda são jovens, são perfeitamente capazes de produzir novas formas de cultura, e este futuro tem sua sede na obscuridade do inconsciente de cada indivíduo, na qualidade do germe carregado de energia, capaz de um poderoso brilho. O judeu, como nômade relativo, jamais produziu e jamais produzirá sua própria cultura, já que todos os seus instintos e dons para que se desenvolvam exigem um povo-hospedeiro mais ou menos civilizado. Eis por que a raça judia possui, em minha experiência, um inconsciente que só condicionalmente pode ser comparado ao inconsciente ariano... O inconsciente ariano tem um potencial mais elevado que o inconsciente judeu"[50].

— Quem disse tal maravilha? — perguntou, embevecido, o inquisidor —, eles já têm o inconsciente inferior e putrefeito! Nunca havia pensado nisso!

— Ora, isso é antigo e foi postulado pelo doutor Jung — elas responderam.

20

O Procurador dos presos veio se despedir. Informou-me que as custas do processo e prisão eram retiradas de meus bens; evidentemente eram hiperfaturadas e que as reservas se esgotavam rapidamente. Até o banquete do auto-de-fé, onde nada se economizava, afinal toda a nobreza e dirigentes estariam presentes, com certeza esfomeados e sedentos, seria pago com o dinheiro apurado na venda das posses dos condenados.

Que eu observasse a fartura de carneiros assados, frangos, perus e finas endívias com nozes que seriam servidas, além de vinhos envelhecidos e bagaceira. Se eu fizesse uma procuração em seu nome, quem sabe poderia salvar algum, afora seus honorários pagos pelo escritório local do Santo Ofício, com dinheiro retirado das minhas ex-posses, que ficasse claro. Eu não tinha por que me preocupar, iria morrer de qualquer maneira e minha família já estava na miséria total! Meu nome e sentença, eventualmente um retrato, se houvesse ainda numerários para pagar um artista, seriam exibidos em todos os lugares públicos e ser da minha linhagem seria um anátema perpétuo para meus descendentes. Quem iria casar-se com a filha de um condenado pelo Santo Ofício? Só lhe restaria prostituir-se em conventículo barato e populesco na zona do baixo meretrício, onde não se perguntava a procedência da servidora, servir de pasto e puta barata a grumete aprendiz e habitantes da periferia ou ingressar na dependência das classes baixas, fazendo trabalhos de braçal e limpando pau de galinheiro com as mãos nuas em troca de restos de comida. Que os filhos partissem para bem longe, senão seriam servos de servos! A mulher danada estava, ora!

Ele me explicou que o processo ao qual fui submetido diferia do processo comum. Eu podia ser acusado por qualquer testemunha, pouco importando sua idoneidade, poderiam ser escravos, condenados, pessoas infames, o Santo Ofício tinha como bem-vindas até denúncias anônimas. Era o único local onde a palavra de um judeu era aceita como fiel e verdadeira desde que acusasse um correligionário. Não era necessário um fato nem qualquer prova, bastava a presunção, ou seja, a mera acusação. Se uma testemunha fosse duvidosa ou quisesse retirar o que dissera, era colocada na linha, ameaçando-se um processo de fé contra ela. Que ficasse o dito pelo dito! Também aprendi que mesmo depois da minha prisão, o Santo Tribunal aceitava denúncias provindas de outros presos e mesmo de meu carcereiro. Suas palavras valiam como provas. Prendiam-se inocentes presumidos, enquanto se aguardava o surgimento dos denunciantes, o que sempre ocorria. Eu não havia percebido, além das câmaras de TV, frestas nas paredes e no teto?, perguntou-me, por esses locais você era vigiado nas 24 horas do dia. Soube que, por ter recusado alimento, certo dia, e o fiz por puro fastio e inapetência devida à surra particularmente violenta recebida horas antes, alguém denunciou ato de jejum religioso e ritual, pois que era Yom Kipur e que esse testemunho pueril e ingênuo pesou decisivamente no conceito dos juízes quando fizeram a decisão final. Claro está que eu nunca saberia quem me denunciou ou testemunhou contra mim, afinal tais pessoas eram colaboradoras da Igreja e da ordem e deveriam ser protegidas.

— Sou culpado por ser. E também por não ser? — perguntei.

— Exato — respondeu —, cá é culpado quem queiramos que o seja. Por querermos sua fortuna. Porque não concedeu favores a um ente clerical. Porque os concedeu ao ente errado. Para vingar um cristão-velho. Para agradar outro. Porque alguém pagou, porque não pagou. Porque uma antiga amante decidiu que sua presença era incômoda. Porque não adivinhou as acusações.

21

Claro que você é culpado apenas e tão-somente de ser judeu. Heresia e outros quejandos não passam de justificativas para a massa. Os homens do povo só trabalham. Sofrem, carregam a nobreza nas costas, sobrevivem de pão velho e sobras, é absolutamente necessário que se sintam superiores a alguém. Vocês vieram a calhar! Se o judeu não existisse, seria preciso inventá-lo. O lúmpen vai dormir no seu catre imundo infestado de percevejos, não sabe se terá trabalho amanhã, nada comeu o dia todo, mais quinze pessoas se agitam e roncam ao seu lado, suas nove filhas estão magras como bambus, três já são putas mal pagas, as outras seis são pedintes ou alugadas a pedintes, esperando a vez e a hora de aprenderem a profissão de mulher-dama. Outra opção não há, os meninos estão com crupe e sarna, não há vagas no hospital e, se houver, que bela merda!, morrendo em casa sempre se pode sumir com o corpo ou vendê-lo a um físico anatomista em vez de enterrá-los e ter de pagar uma taxa ao município e ao frade que vai encomendar o corpo, pois que morrem em casa. A massa ignara e amorfa lembra das palavras do padre: — Vocês são gente honesta e boa, essa situação desgraçada é por culpa dos judeus exploradores. Traçam suas filhas, roubam o que podem, escarnecem de suas imagens sagradas.

O ódio aos da sua raça está e sempre esteve embutido e implícito nos cristãos. Desde os primórdios. Desconfio que não é possível ensinar cristianismo sem o concomitante ódio aos judeus! Como imaginar Jesus, sem vê-lo na cruz, sangrando e sofrendo? Ora, quem o pôs na cruz? Quem o fez sofrer? Ou sendo traído e perseguido, todo o tempo. Quem o traía e perseguia? Percebe que o nome Judas, o Grande Traidor, é quase homônimo de judeu? A seqüência vem, é automático: Jesus-Judas-judeu.

Ensinamos o sofrimento, a resignação de uma vida pobre e porca na terra, em benefício do paraíso pós-morte. Assim o povo fica tranqüilo e obediente. Tem um culpado por tudo de mau que lhe acontece: os judeus avarentos, envenenadores das águas, agentes da peste, assassinos de seu Deus e Pai, conforme ensinado pela Santa Madre Igreja.

Isso é tão idiota! Você acha que um padre, mesmo oligofrênico, pode acreditar em tal balela? Mas, há séculos, essa fórmula mágica funciona e não será mudada.

22

Perguntei se sabia do destino das duas marafonas que haviam sido presas no mesmo dia que eu, há tantos anos, respondeu-me que uma delas voltara à vida airosa, depois de ser instruída dos Atos Permitidos (masturbação manual simples com os dedos, bolinações de praxe, coito papai & mamãe, desde que às escuras e com um travesseiro na cara e através de lençol ou mortalha fenestrada, uso livre de coxas e joelhos com a calcinha *in loco*) e dos Proibidos pelos *Regulamenta Sacanorum* (coito anal, surubas, chupadas, não importando quem chupasse quem, *cunilingus*, trenzinho do caipira, como era verde meu vale e demais variantes). Foi advertida que seria visitada por enviados eclesiásticos disfarçados em clientes comuns, os quais usariam seus serviços de maneira gratuita, com o intuito de verificar se seguia as orientações recebidas. Enricara, tornou-se respeitada cortesã e seu michê só podia ser pago por nobres endinheirados e bispos. Recebia num avarandado e nobre castelo com altas janelas recobertas por cortinas de veludo vermelho e jardins repletos de imitações de estátuas clássicas, que lhe passara em cartório um rico barão, como reconhecimento da qualidade dos serviços prestados. A outra havia morrido por infecção disseminada após alguns dias de prisão; os doutores diagnosticaram septicemia gonocócica. Não foi tratada, pois ela não tinha bens que pagassem o antibiótico curador. O rufião andava por aí, vivia da função de guarda-costas de importante político, conseguiu um atestado de pureza da raça, pois cristão-velho comprovado até a oitava geração era e estava solicitando o posto de familiar do Santo Ofício, cargo de confiança, criado para empregar os fidalgotes das boas famílias decadentes da cidade, e mesmo com o antecedente de reles cafifa, uma graninha nas mãos certas ajeitaria as coisas.

23

— A Igreja, e em particular, o Santo Ofício muito se preocupavam com a degeneração dos costumes e desagregação familiar que as pragas libertárias e modernizantes traziam — continuou —, o Estado agia de maneira folgazã e burra, El-Rey era assessorado por incompetentes — ele mesmo não era muito esperto — companheiros do tempo de farras da juventude. Se os donos da Fé não agissem!

Uma série de simpósios orientadores da conduta estava em andamento, regulamentos sendo editados. Versavam sobre tudo. O ato sexual, sem dúvida e em todos os tempos a máxima realização da individualidade, foi definido como uma função destinada à procriação, não devendo, jamais, ser praticado com o fim de obter prazer. O Códice *Phoda et Sequelae* detalhava como praticá-lo com o mínimo de pecado, desde que o pecado era inerente: apenas os casais devidamente casados pela Santa Igreja o fariam, na escuridão completa, pedindo perdão pelo pecado cometido, em especial se e quando gozassem. Um coito anual era mais que suficiente, desde que eficaz quanto à concepção, único fim do ato de junção carnal. Poderia ser repetido nos três meses subseqüentes, uma vez por mês, até que as regras cessassem. Enquanto a reprodução não pudesse ser feita em laboratórios ou viveiros de embriões, o ideal seria designar um familiar do Tribunal para acompanhar os casais durante as atividades noturnas. A experiência foi efetuada, infelizmente sem êxito, em Madrid, pois os tais familiares, numa freqüência maior que a esperada, sucumbiram ante o que chamaram de apelo do demônio e vários deles acabaram presos e julgados como prevaricadores e praticantes de uma sórdida modalidade do ato carnal, apelidada de sanduíche. A instalação de circuitos de TV sensíveis às ondas térmicas também não foi eficaz, pois os casais safados descobriram locais e posições bizarras para a prática do ato criminoso, de tal forma que a imagem recebida pelos vigilantes da Fé mostrava a boa dona da casa assentada à mesa da cozinha, lendo rezas ou selecionando feijões, com um sorriso nos lábios, simulando gozar a paz dos momentos domésticos, quando seu marido ou amante estava escondido por debaixo do móvel doméstico, a praticar nela atos lúbricos e proibidíssimos! A masturbação deve ser punida com a castração, conforme afirmou monsenhor Masturbktub, conhecido e sabido praticante do rito de Onan, no Concílio de Toledo, ao que um opositor retrucou, com ironia: — Se assim o for, todos mijaremos sentados!

Evidentemente, os bordéis continuariam a existir, pois temia-se uma revolta da plebe, caso fossem proibidos. Além do mais, eram rendosos, pois a licença para seu funcionamento era concedida através de gordas propinas que beneficiavam a classe dominante.

Discutindo temas de tão elevada importância, sem dúvida alguma a moral e os bons costumes seriam restabelecidos aos tempos edênicos, com total supressão do pecado e até dos pensamentos pecaminosos.

A Igreja quer o controle total do cidadão. De absolutamente tudo, do acordar ao dormir, do pensar e do sonhar, única maneira lógica e objetiva de fazer esse cidadão seguir o caminho do bem, como afirmaram o Camarada Stalin, Streicher e o Irmão Torquemada. Ora, o judeu não aceita, por princípios filosóficos, esse controle. São rebeldes, falam em livre-arbítrio, consciência. Coisas perigosas! Não é para estranhar que gerassem essa sucessão de pseudo-heróis incômodos e libertários, Moisés, Davi, Sansão, Cristo, até ele tinha que ser judeu!, Spinoza, Marx, Trótski, Freud, sei eu quantos mais!

Feita essa douta preleção, meu advogado se foi, precisava preparar-se para enfrentar o julgamento de um teatrólogo trazido do Brasil, um tal Antônio José da Silva, convocado que fora pelo Tribunal. Nunca mais o vi.

Ouvi propostas indecorosas, as autoridades legais e constituídas não desistiam:

— Acuse 100 pessoas e você será salvo. Arrumo um ponto de tetraplégico-esmoler, no Largo da Sé. Você poderá usar um trapo por cima do sambenito.

— Entregue sua mulher e filhos, para que protegê-los, já estão na miséria! e você ganhará o reino dos céus, garantimos morte sem dor, valium na veia dez minutos antes.

— Um nome importante, um strogonoff, dois nomes, escabeche de enchovas, três, salmão com gengibre e uísque envelhecido.

— Seus amiguinhos de esquerda não faziam reuniões? Não seja ridículo, diga uns nomes!

Finalmente, ouvi minha sentença.

A fumaça me queima a garganta, mal consigo perceber o que se passa em volta.

Capítulo V

şeñteñça

1

Mereço um desfile e tanto! Um auto-de-fé[51] modelo! A meu lado, outros condenados: aidéticos, bruxas, sodomitas, médicos-farsantes. Somos levados ao interior da igreja e depositados sobre o altar.

O templo é pequeno, eu só havia entrado ali uma vez, quando da missa de sétimo dia de um conhecido. Retirei-me antes do final quando se iniciou, não sei como nem por que, uma feroz peroração anti-semita.

O padre arengava contra os judeus, classificou-os de entes diabólicos, inculpou-os pela alta do custo de vida, guerras, peste negra, enchentes e secas, pobreza das colheitas de feijão e superprodução das beterrabas, morte de Cristo, disseminação da AIDS. Parece que era forma comum e consagrada de encerrar os serviços religiosos. Os fiéis e as tiazinhas de negro e meias longas e opacas aguardavam esse momento, curiosos de saber as novidades em matéria de heresia que os seres diabólicos haviam inventado. Padres do baixo clero, incapazes da leitura e compreensão corretas de uma certidão de nascimento, coisa excessivamente complexa para eles, ficaram famosos pela virulência e vigor das suas diatribes; o populacho os venerava e temia.

Olhos baços de estátuas e imagens de pedra, semi-ocultas em nichos nas paredes, me contemplam. Forte cheiro de amoníaco, o subproduto da degradação de rios de mijo, me atinge, sorrio ao perceber que o mijadoiro ou mictório público, que ficava ao lado da casa de orações, estava, como sempre, com os esgotos entupidos. Era o ponto de encontro favorito dos travestis, lésbicas e usuários de drogas pesadas da cidade. Um coral de adolescentes castrados, invenção-mor de médicos vaticanistas, canta melodias gregorianas. Enormes círios se derretem, as gotas amolecidas se fazem tranças.

Estou com as mãos atadas por algemas e cordas. As sentenças são lidas, uma a uma, por um frade tenor, os sem colhões as repetem, soam acordes de um desafinado órgão. Quando da minha vez, mal ouço, já cansado de tanta mesmice, era uma fórmula jurídica e repetitiva: Nós, irmão Mengele Goebels Pinheiro Macieira Oliveira, da Ordem dos Pregadores, Inquisidor contra os hereges, delegado pela Santa Sé, informamo-nos devidamente que tu, Ben Maimon, natural de São Paulo, acusado de... existir... de pensar e de falar o que pensas, foste considerado como culpado de efetivamente... mas a Igreja nada mais poderá fazer por ti, dado que abusas-

SENTENÇA

tes tanto das suas bondades... te rejeitamos do seio da Igreja. Nós te entregamos à Justiça Secular, suplicando-lhe, todavia e com toda veemência a que modere sua Sentença, de guisa que tudo contigo se passe sem efusão de sangue e sem o perigo da morte (!).
Em seguida, assinadas, envelopadas e lacradas, são enviadas à Delegacia. Somos todos relaxados[52].
Após a enunciação da última sentença, levam-nos a um tribunal e nos entregam à quadrilha do poder civil. Delegados da polícia, familiares, investigadores, procuradores dos cárceres, alcagüetes, escrivães, carcereiros e carrascos se regozijam.
Com pompa e circunstância servem-nos o Último Jejum, e em seguida, somos conduzidos à execução.

2

À saída da prisão, estrepitosas vaias nos recebem. A travessia das estreitas ruas é difícil, o leito carroçável está tomado por vendedores de toda espécie de coisas: pirulitos, cachaça, churrasquinho de gato, rádios coreanos, chaveiros e brinquedos eletrônicos, camisinhas, mantas andinas, camisetas com as efígies do Che Guevara e John Lennon, dólares e marcos, rapadura, cocadas, edições encadernadas e populares d'*Os Protocolos dos Sábios do Sião*, cachimbos de *crack*, cuecas andróginas, punhais, vários tipos de soco-inglês, chibatas, toda espécie de objetos úteis para as necessidades diárias.
Em meio a multidão reconheço inúmeros doentes que examinei, anos atrás, antes que se iniciasse meu julgamento. Assobiam, não me reconhecem ou fingem não me conhecer, e

uma mulher a quem tratei por muito tempo, atira-se ao solo, aos prantos, babando e urrando:

— Satanás! Satanás! A morte é pouco para ele!

Ela sofria de prisão de ventre crônica ou de diarréia ou de ambos, sei lá se melhorou ou não com o tratamento que recomendei. Deve-me inúmeras consultas, sempre alegava ter esquecido o dinheiro, esqueci-me de arrolá-la.

3

Outra me traz à mente um episódio remoto. É uma senhora bem apanhada, típico membro da classe média local. Veio a meu consultório, como acompanhante-dona-patroa-suserana-capataz de uma moça débil mental. A moça chegou arrastada, um ser enrolado sobre si mesmo, displásica, os olhos rodando em todas as direções, enlameada, fedia resíduos históricos do tempo da pirâmide de Gizé e da queima de Roma. Vestia tamancos grosseiros e um saco de farinha, com aberturas para a cabeça e braços.

— Eu crio esta moça — disse-me —, encontrei-a na rua, dormindo entre latas de lixo. Condoí-me e levei-a para minha casa. Vive comigo, faz pequenos trabalhos. Mas começou a vomitar e sua barriga estufou, sei lá o que a coitada tem!

Inicio o exame ultrassonográfico e constato gestação de seis meses, um menino, enorme bolsa escrotal dança no líquido amniótico. Mostrei a tão bondosa senhora os surpreendentes achados.

— Não é possível, não posso entender! O senhor está enganado. O único homem, com quem ela tem contato, é um velho de noventa anos, meu jardineiro.

SENTENÇA

Após três meses, nasceu um ser rosado e risonho. Uma discreta investigação revelou que o velho jardineiro comeu a moça por engano, certa noite em que estava alcoolizado e foi procurar sua amante, uma cabritinha chamada Mimi. Topou com a moça abaixada, de quatro, ela estava comendo um pouco de grama.

Ele disse, então:

— Fala mé, fala mé!

Jurou que ouviu um mé como resposta e mandou brasa. Houve uma denúncia do ato, anônima como todas, o velho acabou sendo queimado, seus restos contidos numa urna, em praça pública, pois que não resistiu quando posto a tormentos. Desabou por parada cardíaca, na primeira sessão da cadeira do dragão. Não me lembro mais da acusação principal, se por "enrabamento por trás", coisa tida como antinatural ou por bestialismo público *in mamifero*, pois que o privado, desde que praticado com aves e galináceas era tolerado e até estimulado, pois desviava o ardor dos pecadores de outros objetos. Um juiz altamente qualificado concluiu que comer aquela mulher, um animal, uma árvore ou um tijolo seriam atos idênticos; de qualquer maneira, além de ato herético, um desvio das regras da boa cópula.

Servi como testemunha de seu processo, na qualidade de médico da família e ouvi, quando o velho, na ânsia de incriminar a quem pudesse, era a única maneira de escapar das flagelações, denunciou sua patroa:

— Ela é minha cabra! Ela faz mé!

A situação de embaraço só foi rompida, quando a mulher, após ser submetida a queimaduras por choques elétricos, adequadamente aplicados nos mamilos, uretra, reto e genitais externos, provou, por a + b, ser incapaz de balir, acalmando o ânimo de seus inquisidores.

Latir e miar sim, até um uivo esporádico em certas ocasiões especiais, mas, balidos, nunca. Desde então a senhora me evitava, por pudor ou medo, pois para abreviar as sessões de queimaduras, denunciou meia dúzia de vizinhos e familiares próximos e distantes como bígamos, incréus, lésbicas e sodomitas, protestantes, judaizantes, esquerdistas e sem-terras, que, por sua vez, denunciaram outras pessoas, e assim por diante: a trepada errônea do velho jardineiro, que apenas procurava por sua cabritinha, rendeu a morte de mais de sessenta pessoas, afora duzentas e tantas prisões! Quem sabe é por isso que ela me encara, irônica, quase sorridente. Fixo meus olhos nela, ela se afasta, mancando, andando com dificuldade.

Anos depois, soube que Mimi também foi julgada e, apesar de nada confessar, apenas balia desesperada; era uma cabritinha rósea, gorda, bem tratada e bem amada, era banhada com água-de-colônia e ornada com fitinhas vermelhas nos chifres; de repente, se viu amarrada e torturada. Por meses a fio, apanhou de homens de longas e fedidas batinas negras; foi chicoteada até seus ossos ficarem expostos, por um monsenhor que repetia: — Confesse, desgraçada, fale, bruxa peluda, judia travestida, prostituta de Israel!

Foi condenada, como cabra renitente e pertinaz, ao fogo lento e vagaroso, e em seguida devorada por seus inquisidores, temperada com sal e mostarda e regada com excelente vinho tinto.

4

De uma esquina, BatSheva envia, disfarçadamente, um sinal de saudades. Tem lágrimas nos olhos e finge retirar um cisco deles. Suas sardas se alastram pelo pescoço alvo e liso. A pastora-mor e única da Seita das Sardas Ardentes! Foi numa tarde preguiçosa de verão. Eu estava lendo ou estudando, bateram à porta. Uma mulher linda me ofereceu folhetins bíblicos, após entoar cânticos natalinos, plantada na calçada, surpreendente voz de contralto.

— Se o senhor se interessar, todas as semanas trarei os fascículos. São ilustrados e baratos, valem a informação.

Comprei os números que ela me oferecia, tinha pressa de voltar a minha leitura. Encontrei-a, dias depois, no supermercado, trocamos algumas palavras. Enquanto se afastava, percebi a beleza de suas pernas, as curvas de seus quadris. Inevitável. Certo dia, ela voltou com mais fascículos para vender, acabou entrando para tomar um copo de água e um cafezinho, não recordo como aconteceu, digo, o ato físico em si, teríamos nos esbarrado?, de repente, estávamos colados num prolongado beijo. Ela voltou, à noite. Fez uma peroração enquanto se despia, dizendo como eram estranhos os caminhos do Senhor.

Eu a chamei de BatSheva, ela me chamou de Davi, o porquê da escolha inicial me foge. Mas, compus inspiradíssimos poemas, que li ao toque de uma lira improvisada, enquanto ela se banhava num terraço.

Foi o caso mais bíblico que já vivi. Brincamos de Sara e Abraão, ela fingia ser uma velha estéril e reumática, lamentava-se, sentada num lençol que fazia de tapete no deserto. Eu usava barbas postiças; improvisamos até uma Agar, uma moreninha que trabalhava como doméstica na sua casa. De Adão e Eva na fase da vergonha, o quarto foi decorado com uma serpente de pano no chão e uma melancia cortada e meio comida, essa história da maçã nunca me convenceu, cobrimonos com cachos de uva, saboreados *in loco*.

De Hanna e seu marido, Elkanan. Eu lia do Livro os dulcérrimos falares: "Hanna, por que choras? Por que não comes? Por que estás triste e por que se aflige teu coração? Não sou melhor para ti que dez filhos?" Ela sorria, emocionada e implorava um filho a um imaginário sacerdote do templo, enquanto saboreávamos cerveja gelada.

No inverno, outra vez de Davi, desta vez no fim da vida, seu encontro com Abisag, a sunamita.

— Não consigo um instante de calor — entoei —, preciso de uma donzela virgem das terras de Israel, para cuidar de mim, um seio para me aquecer.

Ela respondeu:

— Aqui estou, meu senhor, meus seios para que te aqueças.

Abri as janelas, deixei o frio e a garoa entrarem até estremecer e ela realizou a mágica do aquecimento.

Falávamos pouco, simplesmente assumíamos nossos papéis e o interpretávamos.

Ela me ensinou que as palavras não passam de embustes, de pálida e pouco fiel descrição da realidade, meros substitutivos das ações.

Era muito sardenta, as pintas se espalhavam por todo corpo, confluíam e se afogueavam, quando ela se excitava, brilhavam à luz das velas. Tinham gosto adocicado, contrastando com o salgado do suor. Pediu-me que lhe indicasse um dermatologista, eu a convenci que metade de seu ardor e beleza estavam naquilo que julgava imperfeição.

— Não posso mais voltar, não me pergunte nada! — exclamou, certa noite.

Representávamos Sansão e Dalila, ela veio munida de tesouras de brinquedo, eu havia deixado meu cabelo crescer. Estava de bruços, as sardas de suas costas cintilavam.

— Você é minha Sacerdotisa das Sardas Ardentes, o seu brilho é eterno! — exclamei.

Era uma despedida. Ela se foi. Por vezes, via-a aqui e ali, com uma pasta, onde carregava os folhetins. Detinha os transeuntes, fazia seu discurso, recebia o dinheiro, contava e entregava o troco. Era pastora de alguma seita, nunca soube qual.

Foi chamada como testemunha durante meu processo, naturalmente não ouvi seu depoimento, mas soube pelo carcereiro que ela me defendeu ardorosamente, mesmo quando ameaçada de infidelidade e bigamia. Quando vejo uma sarda, vem à minha mente a figura de seu corpo branco e esbelto, as sardas ardentes confluindo nas dobras escondidas de suas pernas e colo.

As alvas pombas do Rei Salomão, desde então, são pontilhadas por pequenas manchas amarelas.

Ela veste luto negro e cerrado, os cabelos cobertos com um lenço cinza, seus olhos brilham, as lágrimas jorram. Finjo não conhecê-la, para não comprometê-la.

5

O senhor Gregório, coincidência, era um imigrante grego. Da varanda de sua casa, dobra-se de rir e me aponta para seus quatro filhos idiotas, resultantes de múltiplos casamentos consangüíneos. Sua mulher-prima-irmã-tia-cunhada descasca uma banana. Eu o conheci num bar, sentou-se próximo a mim, no balcão, puxou conversa:

— O senhor está trabalhando por aqui?

— Sim — respondi —, no hospital.

Preparei-me para uma conversa fática do tipo: *it's a beautifull day, isn't it?*, ou: desse jeito a seleção vai perder todas. Pensei, que saco!, sempre tenho que escutar essas coisas. Mas ouvi palavras incríveis, pensando bem, apenas palavras habituais e costumeiras na boca de um anti-semita exibicionista que iniciou uma conversação informal, como devia fazê-lo sempre, pichando judeus como se falasse do tempo. Continuou:

— Pois é, as coisas estavam tão bem, mas agora, esta crise econômica!

— É mesmo difícil — comentei, não fazia qualquer idéia que houvesse uma crise.

— Sempre que esses especuladores judeus internacionais agem, os mercados estremecem, só querem nos enrabar — ele disse —, puxa, nem nos apresentamos, como o senhor se chama?

— Isaac — respondi.

— Perdão, quando falei esses judeus eu quis dizer de maneira geral, nada de pessoal, o senhor compreende?

— Claro — murmurei —, o senhor tem toda razão, os judeus são o lixo da terra.

— Mas já me desculpei — ele insistiu —, não entendo essa ironia.

Procurei por um cartão especial que uso nessas horas incongruentes, onde se lê: "Você não está agradando. Finja que vai cagar e dê o fora!", mas após inútil busca e depois de revirar inúmeras vezes meus bolsos, simplesmente disse que fosse foder-se. Ele levantou-se, ofendidíssimo, e foi para a rua.

Agora ele ri, sua mulher come as cascas das bananas, os filhos olham para todos os lados, incapazes de fixá-los nos pontos corretos.

6

O "servo da fé", assim era conhecido, pois que pregava o caminho da salvação sempre que tinha uma oportunidade, mostra ódio no rosto crispado. Atira confete, serpentina, pedras, o que lhe cai nas mãos. Ele trabalhava numa clínica, era encarregado de trazer os doentes às várias salas de exame, com os respectivos pedidos. Certa tarde dei-me conta de que ele entrava em minha sala a todo instante, trazendo alguma ficha ou apenas para indagar alguma dúvida. Observava as doentes deitadas, com o abdome e o baixo-ventre descobertos, dizia qualquer coisa, demorava-se ao máximo e saía com relutância. Deixava no ar um cheiro quase sólido de salame velho, misturado com mortadela e querosene. Proibi tal invasão, que constrangia as doentes e a mim mesmo, passei a buscar as doentes e as solicitações, pessoalmente, na recepção. Agora ele espumeja:

— Seu filho da puta! Tirou o único prazer da minha vida! Eu só queria olhar, não fazia mal a ninguém!

Rodeado pelos acólitos, homens barbudos e mulheres cabeludas, ora com fervor. Está sobre uma lixeira, seus discípulos municiam-no com objetos que ele atira sobre nós: restos encharcados de salada de tomates, garrafas de vinho e latas de óleo. Quando o alvo é atingido, seus asseclas gritam:

— Deus é justo!

Um grupo berra:

— Córintia! Córintia! —, enquanto assiste a um jogo do meu glorioso Coringão, numa TV portátil.

Refrões chegam a meus ouvidos:

— Maná, néctar e mel! Pau no rabo do infiel —, cantado por um coral de alegres capuchinhos croatas.

— Puxa, puxa! Puxa o cabelo da bruxa! —, entoado por um grupo de escolares de Cracóvia, aqui trazidos para estágio educativo, pois seus últimos hereges foram gaseados em 1945, não sobrando nenhum para amostra.

Por motivos de economia, todos os condenados somos conduzidos na mesma gaiola, sobre um carro de boi. Na verdade, somos puxados por vacas velhas e sarnentas. Os animais portam câmaras sobre as cangas, que detalham os rostos dos presentes, bem como suas reações faciais. As autoridades podem estudar as reações individuais ao ato. Todos sorriem e exibem entusiasmo.

À nossa frente caminham sanitaristas, desratizadores, promotores da justiça, artistas plásticos e um esquadrão de monges. Espargem água-benta e âmbar pelo caminho. Vendem indulgências a prazo, ou à vista com abatimento. Todos os cartões de crédito são bem-vindos. Quem está presente pode, sem qualquer risco ou punição, pecar, escarrar no chão e fornicar com mulheres ou porcas durante um mês, segundo certificado oficial. Pintam de verde a cara dos assistentes. Aceitam petições. Distribuem bolachinhas e refrigerantes.

7

Estamos amontoados no chão da gaiola, finalmente é possível, após tantos anos, trocar palavras. Ouvir e falar! Responder e perguntar! Concordar e discordar! Nossas vozes soam roucas pelo desuso. Ninguém me controla, ninguém me vigia, a gaiola traz um sopro de liberdade!

As bruxas não participam dos diálogos, tiveram as línguas arrancadas; apenas fazem, com o que restou da cabeça, movimentos de afirmação ou de negação. Não resisto quando contemplo a destruição, o massacre efetuado nelas: as faces são assimétricas, têm os malares afundados, maxilares quebrados, feridas descarnadas no crânio revelando o arrancamento de tufos de cabelos. As bochechas pendem flácidas e cheias de dobras pelo esvaziamento completo da cavidade oral. Sem dúvida eram lindas e sedutoras e precisamente por isso inculpadas foram. Ensimesmadas, só contemplam o chão, é evidente que se recusam a ver os sinais com que a Santa Fé as ornou.

Com um nó na garganta faço uma elegia à sua beleza e sensualidade. Comparo-as ao sol e às estrelas. Ao frescor do orvalho matutino e às benfazejas chuvas de verão. Às flores de laranjeira e à pele suave dos pêssegos. Recito e dedico a elas sonetos de Camões e Vinícius de Moraes. Digo que sua presença e calor iluminam esta derradeira viagem e que morrer em tão formosa companhia é bênção não imaginada. Seus olhos brilham, suas faces se molham de lágrimas ante minhas piedosas mentiras.

Antes de partirmos, meu Alcaide carcereiro, num gesto que pretendia ser de consideração e gentileza, talvez de admiração pela minha inalterável e permanente negação, trouxe um pedaço de espelho e se espantou ante o grito de horror que saiu da minha garganta. Desde muito tempo não era permitido que eu contemplasse minha imagem, agora eu via uma coisa desconhecida, um rosto emaciado e envelhecido, a ossatura aparecendo na superfície, cheio de cicatrizes de murros e queimaduras, o nariz torto e quebrado. Não sabia quem era aquela pessoa, nenhum dente na boca murcha, fiquei enojado, empurrei para longe o pedaço de vidro. Sem dúvida, as infelizes mulheres não passaram pela experiência de se contemplarem, de outra forma jamais aceitariam os elogios que eu lhes fiz.

Um dos sodomitas descobriu, durante o julgamento, ser, não fazia a menor idéia do que era isso, judaizante renitente. Seu nome era Oliveira Pinheiro Sequeira Carvalho, vulgo Rosinha.

— Fantástico — exclamou o escrivão, enquanto afiava a pena de ganso —, judeu por todos os costados e veado! Será que seu rabo foi circuncidado?

De herege (denunciaram-no de nunca usar banha de porco nas conjunções carnais, coisa habitual nos lupanares e bordéis, tanto pelo alto poder lubrificante da gordura porcina, como pelo baixo custo) sodomítico, ganhou também a acusação de homo-cristão-novo-judaizante, categoria de delito não descrito e que necessitou da elaboração de Monitório específico.

("Oliveira, Ignacio de, 29 anos, militar, filho de Rodrigo Coelho Bonsucesso, militar, do Rio de Janeiro, Brasil, condenado a cárcere e hábito perpétuo com seus irmãos José Gomes de Barros, 35 anos, comerciante, Izabel de Barros, 32 anos, Ignez de Oliveira, 29 anos, Maria de Barros, 22 anos, Miguel Gomes de Barros, 24 anos, em 09.07.1713.")

("Pinheiro, Bento de Couto, 28 anos, caixeiro, filho de Diogo Rodrigues Pinheiro, condenado a cárcere e hábito perpétuo sem remissão e degredo para o Brasil em 19.10.1704.")
("Sequeira, Francisco de, 56 anos, mercador, queimado como judeu convicto, relapso e pertinaz em 29.10.1656, primeira condenação em 1652. Sua mulher, Brittes da Pax, 42 anos, condenada a cárcere e hábito perpétuo sem remissão com insígnias de fogo e degredo para o Brasil em 29.10.1656.")
("Carvalho, Manoel Lopes de, 34 anos, negociante, fugiu e foi queimado em estátua como judeu convicto, revel e contumaz, em 17.10.1660. Sua mulher, Izabel Marques, 27 anos, queimada viva em 15.12.1658, como judia convicta, ficta, falsa, simulada, confitente, revogante e impenitente.")

Rosinha conta que ficou preso por quinze anos, pois um bispo por ele se apaixonou, com ele se amancebando, mantendo-o vivo e em bom estado e fazendo freqüentes visitas noturnas — para interrogatório e especial estudo da heresia —, até o tal bispo ter um ataque de priapismo agudo *intra coitum*, conforme diagnóstico dos médicos-farsantes. Ficaram acolados nádegas contra nádegas, como cães de rua e foi necessário mobilizar a brigada civil para separá-los, ato só conseguido após muita labuta e uso de pés-de-cabra. Além das acusações anteriores, foi acrescentada a de sedução com requintes de crueldade e sem possibilidade de defesa de autoridade da Santa Madre Igreja. O bispo foi queimado em efígie, após julgamento, de alguma maneira escusa e escorregadia — ou, quem sabe pela via normal, pois mantinha o carcereiro guardião das chaves, desaparecido na mesma época, como amante teúdo e manteúdo, era um grande comedor esse bispo! — escafedeu-se para o interior do Brasil. Correu o boato que comprara uma rede de casas de quengas e afeminados nas Minas Gerais com o dinheiro afanado dos judeus. Suas calcinhas e sutiãs rendados foram atirados aos cães.

Após anos de torturas diuturnas, relatou o que seus inquisidores queriam ouvir: suas irmãs e sua mãe eram bruxas e judaizantes. Nas noites de sabá, voavam sobre a cidade, envenenando, com seu mijo e suor, as casas dos bons e crédulos cristãos; freqüentavam cerimônias no cemitério, onde rabinos se descalçavam para exibir seus pés de bode, antes de entoar cânticos hebreus e judaicos. A mais maléfica dessas músicas mágicas era uma tal de *Mein idiche mame*[53] cantada em ritmo de marcha-rancho, verdadeira exaltação aos pensamentos heréticos. Confessou que se alimentava apenas com o sangue de crianças cristãs, preferentemente curtido e embalado feito lingüiça, mas aos sábados, bebia-o como refresco, gelado, um *sorbet* de hemácias e plaquetas. Com chocolate amargo e *matzá*[54]. Mas, quanto mais falava, mais as torturas se intensificavam, não sabia mais o que inventar!

Num genial momento de inspiração, declarou que Waksman, Salk e Sabin eram espiões comunistas e que seus antibióticos e vacinas só faziam aumentar o número de pobres do mundo, tornando, destarte, inevitável a revolução proletária; Gershwin, com sua carinha cândida e inocente, foi o compositor secreto da *Internacional*; o Papa era informante pago do Grande Rabinato de Argel!

Deu tanto material a ser investigado que os inquisidores se deram por satisfeitos e, após mais uma semana de queimaduras com banha de porco[55] nas solas dos pés, quem sabe tal estímulo desencadearia a lembrança de mais alguns nomes?, foi, finalmente, condenado à fogueira.

Com lágrimas nos olhos, Rosinha lembra que beijou as mãos de seus algozes, agradecido pelo fim próximo. Sussurra que vai receber a cruz[56], pois assim será garrotado antes de ser queimado. Tem pavor do fogo.

Pergunto onde aprendeu tantos fatos sobre os judeus, para confessá-los como coisa tão convincente e conhecida. Ele responde que foi durante os interrogatórios, de tanto repisarem e inquirirem sobre judaizações e que tais:

— Ignorava tudo, nunca me interessei por minhas origens nem por coisas da fé — continuou —, mas garanto que sei mais que um judeu enrustido e crente que anda pelas ruas da cidade. Passei por uma fábrica de judeus. Não o era, agora sou!

8

Os aidéticos mal se comunicam. São trapos, bonecos de palha, caquéticos, olhos esbugalhados.

— Não, não fui torturado — diz um deles, em condições de falar, apesar da intensa dispnéia —, simplesmente não fui medicado. Isso começou quando fui internado num hospital público, ainda com febre a esclarecer. Ninguém esclareceu coisíssima alguma e acabei tuberculoso, sifilítico, atacado por toxoplasmose, micoplasma, todos as ites e oses do mundo. Fiquei esta merda que vocês estão vendo. Não era considerado doente, mas aberração da natureza, o pecado personificado. Esses aí — ele aponta dois médicos — eram encarregados de me observar e escrever relatórios. Apenas observavam e relatavam, jamais se aproximaram ou me deram um remédio. Não sei por que estão aqui. Nem sei por que eu estou aqui. Quem sabe sou judeu-substituto? Perdão, senhores, foi um prazer conhecê-los, mas não agüento mais falar. Ah!, se as circunstâncias fossem outras, com certeza beberíamos uns copinhos!

O sodomita-cristão-novo aperta suas mãos e o aidético morre de emoção, ante o inesperado gesto de carinho.

9

Os médicos não conversam conosco, nada contam, alegam segredo profissional. Só falam entre si, baixinho, trocam lembranças. Percebi que estavam inconformados, pois auxiliaram os inquisidores, como seus colegas de profissão fizeram antes e fariam depois, em tudo que lhes foi e será pedido, seja quem for o patrão. Estão em estado físico normal, não foram supliciados, apenas estão sendo jogados fora, seja por falta de uso, seja por se tornarem incômodos aos donos do poder. Vestem sambenitos brancos, decorados com escorpiões e estetoscópios.

— Filhos da puta! — exclama um deles —, tenho certeza de que nos condenam por sabermos demais! Somos testemunhas incômodas.

Um deles, soube pelas conversas, receitava penicilina para todos os doentes que o procuravam, tivessem uma insignificante cefaléia, resfriado, micose no dedão do pé ou meningite, peritonite, torcicolo ou caspa.

— Que se fodessem todos! Penicilina neles!

Até que matou, por uso inadequado do medicamento, o filho de um familiar.

Outro não passa de um sacana vulgar e habitual, apenas roubou, através de pagamentos a serviços inexistentes e efetuados por parentes próximos, parece que isto se chama afanação com nepotismo, toda a verba destinada à compra de vacinas antipoliomielite e anti-sarampo da cidade. Em conseqüência, após dois anos, ressurgiram os esquecidos casos de paralisia infantil e houve uma epidemia de mortes incompreensíveis. Mas não é por isso que foi julgado, deduzo, e sim por que deixou de fora da jogada as autoridades habituadas a faturar em tal gênero de operação.

Lembro-me da presença dos "médicos", nas sessões de tortura. Não sei se eram esses, pois tinham o rosto coberto por máscaras de cirurgião ou por capuzes de carrasco. Ficavam por lá, bebericando e saboreando uns salgadinhos, verdadeira *happy hour*, e periodicamente, verificavam meus sinais vitais, comunicando aos executores se as torturas podiam ou não continuar. No folclore da prisão eram conhecidos como "médicos da repressão". Eram invejados, pois eram muito bem pagos para exercer sua função de nada fazer. Nunca interromperam uma sessão de tortura. Quando um prisioneiro morria de dor ou hemorragia ou pelas queimaduras ou choques elétricos a eles inflingidos, no atestado médico constava *causa mortis* habitual, corriqueira e não comprometedora, algo como infarto do miocárdio ou choque por sépsis.

Meus colegas médicos são, por vezes, surpreendentes e vem-me uma lembrança esquisita, afinal se refere a um período normal, sobre um professor, o sujeito de maior conhecimento médico que conheci. Um dia, tomando umas cervejinhas, era um final de tarde, ele contou que trabalhava numa grande indústria, seus donos eram amigos de infância.

— Garçom, manda mais uma geladinha. Pois é, todos, virtualmente todos operários, sofrem de silicose pulmonar por exposição contínua ao material com que trabalham. Muitos desenvolvem fibrose irreversível e grave. Estou fazendo um levantamento estatístico, intensidade das lesões, tempo de trabalho, aquelas correlações.

— Mas, o senhor não denunciou o risco de trabalhar numa situação dessas? — perguntou um colega.

— Você é ingênuo, eu perderia o emprego, sou muito bem pago. Você nem tem idéia de quanto custa a proteção contra a sílica, esses operários não valem isso. Além do mais, a relação entre câncer do pulmão e essa fibrose é o assunto da minha próxima tese e eu não vou estragar um filão desses. E aí, vem ou não essa cerveja?

10

Chegamos à Praça. Está lotada de curiosos, interessados, transeuntes ocasionais e gente do povo, amedrontados e sentindo-se obrigados a comparecer, desde que o evento foi anunciado. A disposição topográfica daquela gente e suas atitudes me trazem a imagem de um quadro que admirei no Museu do Prado, representava um auto-de-fé.

O quadro teria sido pintado entre 1660 e 1680, lia-se no catálogo, provavelmente encomendado com o fim de documentar o acontecimento, mais um retrato documental que um trabalho de arte. Destacam-se os réus, convidados, a massa, autoridades, os membros do tribunal. Os varões vestem, em sua maioria, o uniforme de diversas ordens militares, compridas melenas derramam-se sobre as altas golas brancas. As roupagens das distintas damas têm tons alegres, onde predomina

SENTENÇA

o vermelho. Amplos decotes e mangas abertas deixam a descoberto boa parte do busto, costas e ombros, onde seus cabelos, presos por coquetes fitas se esparramam, trajes e ambiente de festa.

No canto superior direito da pintura, há uma série representando a matança dos primogênitos judeus, como ordenou Herodes, na ânsia de matar o neném-messias e dei-me conta de que os judeus, já éramos mortos em massa, em nome dos cristãos não existentes ainda, mas que nem por isso deixariam de acatar idéia tão singela e prática, pois que já estava expressa e escrita nas suas lendas e mitos ancestrais. De que esses judeus se surpreendem, pois? Num plano posterior, numa tremulante bandeira, aparece o brasão da Inquisição, lê-se a inscrição *Misericordia et Justitia*.

Logo abaixo, uma seqüência dramática, parece que ali nasceu a história em quadrinhos: uma linda jovem loira, longos cabelos, se aproxima, olhar cândido e tesudo, de um jovem atarracado e moreno. Ela traz uma cruz no peito, ele, uma estrela de Davi. Ele está no meio de um grupo, ela pára enquanto o contempla. Ele se levanta, destaca-se, caminha em sua direção, ela sorri. Ele se aproxima, esperançoso, ela puxa um punhal, escondido sob o vestido e crava-o no tórax do jovem. Jorra sangue, o jovem atarracado morre sob o sol. Ela enxuga a arma e a atira no Tejo. Fim.

No centro da tela, um cadafalso piramidal: quanto mais alto estivesse o réu, maior era a gravidade da sua sentença. Sete relaxados são atendidos por religiosos dominicanos e franciscanos, que rogam, piedosamente, estendendo os crucifixos. Parece que quatro réus se converteram, pois seguram cruzes entre as mãos. Outros aparecem com sambenitos decorados com a Cruz de Santo André ou meias-aspas ou outros desenhos não identificáveis.

Não recordo se neste ou em outro quadro aparecem mais personagens marcantes. Lembro-me da figura de uma obesa matrona com roupas bíblicas, visão beatificada. Os olhos, absolutamente bovinos, se reviram para cima. Representava, segundo as indicações e analogias com demais quadros da época, a Aliança com Deus e a Penitência. Seus olhos olham sem ver, pois se visse os efeitos de tal aliança, com certeza, se mataria.

Faz um tremendo frio nos Guetos de Varsóvia, Cracóvia, Lodz, Nowy Sacz, em todos os guetos. Espesso manto de neve recobre as casas e as ruas. A branca luz da lua se reflete por todos os lados. Os internos se congelam, deitam uns sobre os outros, na tentativa de se aquecerem. Viver mais um dia e depois, quem sabe! Os burgueses do Conselho Judaico, felizes por ter emprego, cama para se refestelar e outras regalias que os distinguem dos "outros", após tomarem o tradicional chá das cinco, à frente de aconchegante lareira e de se empanturrarem com os restos da mesa de seus patrões alemães, selecionam os que vão ser deportados no próximo trem de carga. São barrigudos, ar de quem manda e detém o poder. Membros da Milícia Judaica farejam os sótãos em busca de fugitivos. Não passam de cães pastores bípedes e circuncidados, é preciso cumprir a cota do dia. Os ministros do atual gabinete, todos de terno de pano inglês, sorriem para o artista. São retratados como são na intimidade, maliciosos, venais, corruptos, corruptores, suas mulheres posam de damas importantes, narizes e seios plastificados às custas do erário público.

Volto à minha praça.

SENTENÇA

Está iluminada por tochas. Feixes multicoloridos de *laser* pintam cruzes no céu. Enorme palanque domina o canteiro central, cercado por centenas de alabardeiros e policiais das mais variadas milícias.

Uma bruxa chora de pavor, outra gargalha, feliz, não tem a menor idéia de onde está, enquanto tenta segurar, inutilmente, um bloco de alças intestinais que insiste em sair pelo períneo dilacerado por uma pêra vaginal.

Foram montadas arquibancadas. A *intelligentsia* política e financeira da cidade ocupa poltronas de executivos e tronos. Reconheço o rei dos sutiãs, o príncipe das cebolas e tomates, o imperador das cuecas. O conde dos eletrodomésticos senta-se sobre uma pontuda antena de FM. Deputados. Membros do gabinete. Assessores. Conselheiros. Traficantes de drogas e armas pesadas. Usineiros. Suas mulheres. Amantes. Amplos decotes, ombros nus. Cabelos cuidadosamente penteados e ornados com caríssimas tiaras. Servas. Depiladoras e manicures. Mordomos. Massagistas. Seus analistas e proctologistas.

Como entretenimento e passatempo, um negro, doado pela câmara dos vereadores para abrilhantar os festejos, está sendo garrotado e a multidão aplaude a ereção terminal. Grita, em coro:

— Au, au, au! olha só que belo pau!

Um cigano é esquartejado, o experimento inquisitorial de São Paulo-Magdeburgo, quatro cavalos de tração puxam seus membros em direções opostas, para gáudio e contentamento gerais, apostas são feitas, qual será o primeiro membro arrancado? Ninguém ouve seus gritos virtuais, pois foi laringectomizado.

Em seguida, um cachorro é queimado vivo, chama-se Judas, corre o boato de que é um bruxo cristão-novo judaizante, já queimado e morto em julgamentos anteriores, porém, tal a sua renitência, reencarnado em cão de rua. O cheiro da carne e seus uivos e ganidos provocam frêmitos gerais.

O *quemadero*[57] é uma laje elevada de concreto. É uma imitação malfeita e pobre do grande *quemadero* de Madrid. Está sujo, salpicado por manchas negras e vermelhas. Montes de lenha foram dispostos e agrupados em volta de postes metálicos.

11

De repente, uma explosão, a boa ordem se desfaz. O jejum a que decidi me submeter deve ter me afetado, subitamente estou em Lisboa, 1497.

Contemplo uma cena absurda.

Milhares de componentes do que se chamava nação judaica estão aglomerados como bacalhaus nos estaus da cidade. Sujos e esfomeados. Agitam-se, pisoteiam-se, andam em círculos, não têm por onde sair. El-Rey Manuel I, O Alfandegário, fechara todos os portos, exceto o de Lisboa, à emigração dos judeus:

— Podem ir-se, livremente, aqueles que não desejam converter-se — declarou —, desde que seja a partir de Lisboa.

Acho que estão lá em busca de um navio, jangada, prancha, caixote, golfinho, bóia, qualquer coisa que flutue sobre as águas. Muitos se atiram ao mar e morrem afogados. Outros imploram a Jeová que o mar se abra e lhes dê passagem segura, já fez isso antes.

SENTENÇA

A massa dos puros de origem e de sangue, cama, mesa, vinho tinto e branco, credo, sem mais aquela, talvez apenas para exercitar os músculos, cai sobre eles. Protegidos por oficiais do Rey e padres, batizam na verdadeira fé e na marra todos que encontram pela frente. El-Rey era caridoso e havia ordenado que apenas as crianças judias de até doze anos fossem convertidas, mas ampliou tal idade, talvez por pressão das classes conservadoras, sedentas de mão-de-obra gratuita, para vinte anos. Agora, todo mundo será convertido!

Em seguida, atendendo ao grito ancestral e embutido no inconsciente coletivo das raças puras:

— Esses filhos da puta mataram Cristo! —, passam a batizar adultos e velhos. Na porrada e bordoada.

— Batismo ou afogamento? — pergunta um frade a um velho rabino, que não entende coisa alguma, pois seus filhos foram batizados há instantes, e em seguida, mortos a soco, suas filhas estupradas e evisceradas assim que receberam a cruz. Sua hesitação é fatal e ele é afogado na pia batismal. Bebe um gole de água-benta e aspira dois litros. Voam tufos de barbas brancas e cabelos elegantes das mulheres. O chão se cobre de perucas, pedaços de órgãos, merda e sangue, pois os corpos são estripados.

No Rossio-Kishinev-Auschwitz, tradicional praça da cidade, ergue-se, pelas graças real, divina, burguesa, militar, intelectual, uma graça do caralho, para dizer a verdade, logo à entrada, uma tabuleta, ou aviso, ou *outdoor*, ou inscrição, ou anúncio, ou registro, ou comemorativo, onde se lê: "*Arbeit macht Frei*".

Realiza-se um rito milenar: judeus estão sendo inculpados.

— De quê? — pergunta um idiota.

— Da peste bubônica — respondem —, ou da guerra das Rosas, dos Emboabas, da Revolução Francesa e da comunista, ou da epidemia de gripe espanhola. Ou da disseminação da AIDS.

— Mas, eles também morrem da peste e da gripe! Também nas guerras!

— E daí? Alguém tem que ter a culpa!

— É mesmo — exclama o idiota, seu nome era José VoxPopuli —, nem sei como não percebi antes.

E o belo passeio público fica belamente atulhado de belos judeus e belas judias, desordenadamente empilhados, ardendo em fogueiras descuidadas.

Torquemada-Eichman revira-se de contentamento, alegria, alacridade, regozijo, jovialidade, exultação, júbilo, prazer, tesão e gozo, na sua tumba. Está apodrecido, roto, rasgado, decomposto, comido por vermes semitas, visigodos, mouros e cristãos, mas ri, gargalha, grita, ulula, vaia, aplaude, canta.

Subitamente, um jovem soldado desembarca de uma lancha e acaba com a festa, a rajadas de Uzi.

Capítulo VI

últimas imagens

1

Rodeamos a praça por duas vezes, para poder ser contemplados por todos. A gaiola é descarregada por um guindaste, num canto do *quemadero*. Estamos triturados, sem possibilidade de locomoção própria. Ninguém mais se preocupa com as técnicas de obtenção das confissões.

— Se apanharam, é porque mereceram — comenta o senhor Antônio Vulgo para sua esposa, que responde:

— Que bom que serão mortos! Tenho pavor de estrangeiros! Odeio o novo! Detesto o desconhecido! Morte aos negros, mouros, comunistas, judeus, ciganos, homossexuais, aidéticos, bruxas! Morte aos outros!

Sou amarrado a uma tábua por grossas cordas e colocado em pé, apoiado e firmemente fixado a um poste de ferro, que emerge de um monte de lenha. Mal tenho tempo de despedir-me de meus colegas, que têm o mesmo tratamento, ninguém se agüenta nas pernas.

O chefe de cerimônias consulta o relógio, faz um gesto, os sinos ressoam.

Fogos de artifício espoucam. A charanga histórica Liras da Memória Cristã e Ocidental ataca o *Hino dos Defensores da Fé*. Uma revoada de pombas negras e urubus escurece os ares acinzentados e plúmbeos. A massa corre e se atropela, pois aves cagam em suas cabeças. Guardas-chuvas se abrem, ambulantes surgem vendendo capas plásticas e bonés.

Frades se aproximam com graça e fervor, sacudindo gigantescas cruzes, algumas gamadas, na minha cara. Líderes da situação e da oposição fazem "rosquinha" e outros gestos apreendidos no cinema. Os estalinistas locais aplaudem ou vaiam conforme as ordens recebidas no último congresso do partido, os direitistas conservadores-defensores dos valores indiscutíveis da civilização ocidental entram em orgasmo ao ver que, mais uma vez, as coisas, usos, hábitos e bons costumes são respeitados. Um diretor do Sindicato do Senso Comum faz um gesto de desânimo, como se dissesse:

— Você nunca foi capaz de entender!

A cigana sorri, os dentes de ouro reluzentes:

— Tenha cojones, hombre, ellos no pasan de muertos!

Um sodomita pede Mesa[58], decidiu confessar alguma coisa. Imediatamente, é levado para o Cubículo Inquisitorial, local fechado e guardado. Após alguns minutos, sai, olhar triunfante, tem um crucifixo nas mãos e perante os olhares atônitos da plebe, três vereadores da oposição e quatro burgueses são presos, amordaçados e levados para a Delegacia. Sua contrição foi tardia, mas numa demonstração de como a igreja e o poder se compadecem dos sinceramente arrependidos, é permitido que se embriague antes de ser garrotado e queimado. O próprio Inquisidor-Mor, o excelentíssimo Senhor Secretário-Ministro-Promotor-Grão-Procurador-e-Achador-da-Justiça, sob os aplausos da multidão, vira-lhe, goela abaixo, com o auxílio de um funil, um litro de cachaça ordinária, temperada com limão-galego. O sodomita entra em coma alcoólico, aleluia!

Uma bruxa de carocha colorida[59] urra tão alto, o barulho é tão incômodo que ela é amordaçada pelo amordaçador-auxiliar, que por esse ato de bravura e coragem, imediatamente, é promovido a conde, pois que marquês já era, título conquistado quando da prisão, numa árvore, de uma família inteira de gatos pretos, que, após interrogatório apropriado, conduzido por especialistas em inquisição de felinos, revelou serem cristãos-novos judaizantes, mouros enrustidos ou socialistas ou capitalistas ou qualquer outra porra minoritária, dedicados a perturbar as horas de descanso dos laboriosos cristãos-velhos.

Os líderes da burguesia e do senso comum se aproximam, marchando em passo-de-ganso, ar marcial e garboso. Portam tochas de acetileno. Emitem jatos azulados para o alto, a multidão estremece. Bombeiros garantem a segurança das propriedades, extintores a postos.

O representante da Associação Comercial, equilibrado sobre uma pirâmide de soldados, padres, narcotraficantes e representantes das classes produtoras e liberais em geral, pronuncia um discurso:

— ...as autoridades que nos protegem... os defensores da ordem... defensores da fé... lídimos literatos e líderes da livre iniciativa... a iniciativa privada... iniciativa na privada... sempre fomos contra a lei do ventre livre... nada pode ser livre e incontrolável... anomalia de uma Europa tresloucada... queremos o ventre preso... morte ao saber anômalo... maçons... livres-pensadores... toda nudez será castigada... vão saber quem manda... civilização cristã e ocidental... raça pura, sem mácula, branca, alva... poluidores, parasitas... vermes... seres inferiores... somos arianos... o cu da mãe....

As frases e palavras chegam despedaçadas, ele fala em várias direções, o sistema de som zumbe e falha, seguidamente.

Finalmente, ele grita:

— Viva a Pátria! — e cai morto, vitimado por rotura de aneurisma sifilítico da aorta, doença de que era portador desde a infância, pois que a herdara de sua mãe, que por sua vez a adquirira de seu marido, que a pegara numa relação incestuosa transgeracional com sua avó e, assim para trás. Era portador de um treponema puro e antigo, conhecido e invejado por todos os cidadãos. Imediatamente, é condecorado e suas exéquias são efetuadas com pompa e circunstância.

2

Uma fogueira extemporânea se acende. Não há como apagá-la, dois jesuítas correm, tropeçam nas batinas, sacodem cruzes na cara do condenado, um rabino barbudo, exortam-no a aceitar seu Senhor, há tempo ainda para uma garrotada. A massa ulula:

— Faça a barba ao cão! —, e aproximam do rosto do condenado varas com tições nas pontas, carbonizando, em minutos, pêlos e apêndices faciais do judeu. Exclamações de alegria partem de todos os lados:

— Rasga o Judas!

— Bate!

O fogo é baixo, mal atinge sua cintura, repentinamente forma-se uma expectativa. Gritará? Vai implorar por misericórdia?, sempre se pode meter-lhe um balaço. Passam-se minutos, passam-se horas. O rabino, face enegrecida, silencioso, contempla, olhos sem expressão, os vultos dos frades. Sua altura diminui aos poucos, as pernas devem estar se derretendo. Não emite um som. A massa se inquieta. Mais lenha é atirada à fogueira, as chamas se elevam, escondem a imagem do condenado, em pouco tempo resta somente um montículo de cinzas quentes que o vento carrega.

— Como fede sua carne! — exclama uma mulher —, e a dizer que não comem porco. A julgar por esse, nem precisam!

A cerimônia é restabelecida, as tochas de acetileno atingem o alvo, as fogueiras são acesas. Mordo a cápsula que a cigana me deu. O fogo sobe por todos os lados. Nada mais sinto. Meu crânio emite um "ploc".

3

Um homem se aproxima, montado num cavalo branco. Brota da massa, só ele é visível, tudo se apaga. É seguido por milhões de pessoas. Gente comum, trabalhadores, famílias. Risonhos.

Se pudesse, esfregaria os olhos, pois vejo Moisés Neendertal e Einstein, braços dados. Einstein murmura:
— Aquela alavanca que você bolou! Genial!
Moisés grunhe:
— Se não removesse aquela pedra, não entraria na caverna! Sempre odiei dormir ao relento. Você não tem idéia do frio que faz no deserto, à noite.
Isaac Cro-Magnon explica, pacientemente, a Baruch Spinosa como bateu duas pedras, de um jeito diferente, resultando uma coisa quente, azulada e fugaz. Batizou-a de faísca, que ateou fogo a um montículo de palha seca, daí por diante só comia carne assada e legumes cozidos.
— Que simples! — exclama Baruch.
Sabin sorri com timidez, milhões de crianças absolutamente sadias o aplaudem.
O Rei Davi e Moshé Dayan discutem táticas de lutas no deserto. Davi afirma que os camelos são superiores aos tanques:
— Só precisam de um pouco d'água. Nada dessa parafernália moderna, combustíveis, computadores, sei lá o quê mais...
Hitler, de longo casaco negro e um fantástico chapéu de pele de raposa, além de trancinhas, declara que tentou matar todos os judeus. Eichman, disfarçado de burocrata e Mengele afirmam que só obedeceram ordens, no fundo do coração, amavam os judeus, negros, ciganos, eslavos, cães e outros. Estão de sapatilhas e saiotes de balé, bailam uma conga de Wagner-Strauss, no teto de um *panzer* todo esburacado, até serem expulsos a pontapés e caírem num bueiro.
Rute, a moabita e a russa Golda Meyer trocam receitas culinárias e informações de sociologia e política aplicadas. Sorriem, mãos entrelaçadas.

ÚLTIMAS IMAGENS

Um escriba-contador de histórias, homem simples, roupas de beduíno, montado num camelo, potes de tinta amarrados no cinto, escolhe uma folha de papiro e desenha mais que escreve, com cuidado e zelo, letra caprichada:... בראשית.

Velhos jovens atarraxam pernas, agora sadias, amputadas por alguma gangrena remota. Um homem, braguilha aberta, grita:

— Aleluia! — pois contempla seu prepúcio reaparecendo.

Uma velha exclama:

— Sou virgem, novamente, posso sentir. Que saudades!

Cai uma chuva de cinzas, de órgãos perdidos e extirpados, agora enxutos e funcionais, apêndices cecais abcedados, úteros miomatosos, ovários e testículos irradiados, estômagos ulcerosos, intestinos neoplásicos, tireóides com todos os bócios.

— Chega de colostomia! — exclama um operado.

— Minhas coronárias desentupiram! — grita um infartado.

Um pilar de fogo vai do chão às nuvens, caminha ao longe, nós o seguimos.

Meus miolos se volatilizam.

Estou na fila atrás do cavaleiro do cavalo branco, íntegro, partes no lugar.

Shalom!

Cracóvia, agosto de 1998
São Paulo, março de 2000

---

* בראשית (hebraico): a transcrição fonética é *bereshit*. Significa *no princípio*, palavras iniciais do Velho Testamento.

notas

1. *Sambenito*: saco bendito. Traje penitencial em forma de saco, usado pelos condenados pela Inquisição. Decorados com diferentes desenhos que simbolizavam as diferentes penas, diziam do destino dos condenados. Devia ser usado pelo resto da vida.
2. *Apud* A. Herculano, *História da Origem e Estabelecimento da Inquisição em Portugal*, Lisboa, Livraria Bertrand, 1852.
3. *Wansee*: local próximo a Berlim. Em 20 de janeiro de 1942, realizou-se a assim chamada Conferência de Wansee, quando foi decidido o mecanismo da "solução final", eufemismo para a aniquilação dos judeus europeus. Heydrich abriu os trabalhos, relatando ter sido nomeado Plenipotenciário para a Preparação da Solução Final da Questão dos Judeus Europeus. Após 10 dias, no Palácio dos Esportes, em Berlim, Adolph Hitler discursava: "...a guerra não terminará como os judeus imaginam, ou seja, com a elevação dos arianos, mas seu resultado será a completa aniquilação do povo judeu... pela primeira vez, a velha lei judaica, olho por olho, dente por dente, será aplicada...".
4. *Tchulent* (ídiche): cozido de feijão branco, carnes e legumes, clássico pra-

to quente da culinária da Europa Central. Preparado antes que o *shabbath* se iniciasse. O fogo baixo era mantido aceso, e o alimento, quente.
5. *Cristão-novo, converso*: judeu obrigado a se tornar cristão, sob pena de morte ou expulsão.
6. *Fidalgo*: filho de algo.
7. *Fiduta* (neologismo do autor): filho da puta.
8. *Pogrom*: palavra russa que designa um ataque, acompanhado por destruição, saque, assassinato, estupro, perpetrado por uma parte da população contra outra, minoritária. Foram executados contra armênios e tártaros mas, como termo internacional, designa ataques contra judeus na Rússia. Ocorreram em períodos de crises políticas ligadas ao incitamento nacionalista.
9. *Judiaria*: bairro onde viviam os judeus antes de 1497, antes, portanto, da sua conversão, mediante pagamento específico. Deriva das aljamas, onde habitavam os mouros. Os tributos para viver em tais locais eram pagos a pessoas particulares da nobreza.
10. *Esnoga*: sinagoga.
11. *Clauberg, Professor Doutor*: Professor-docente, ginecologista. Em 7 de julho de 1942, Himmler reuniu, em Berlim, o chefe dos Inspetores dos Campos de Concentração, SS General Richard Gluecks, o chefe dos serviços hospitalares, SS Major General e Professor Gebhardt e o Professor Clauberg. No encontro foi decidido que as mulheres internadas no Campo de Concentração de Auschwitz — as judias — estavam disponíveis para experimentos médicos "em larga escala". Após três dias, a primeira centena de mulheres — judias — foi isolada para experimentos de esterilização e outros. Conta-se: as mulheres foram deitadas. Com o auxílio de uma bomba elétrica, um fluido branco, tipo cimento, possivelmente sulfato de bário, foi injetado. Conforme o fluido era bombeado, eram radiografadas. As mulheres adoeceram durante o experimento. Sentiam o abdome explodir. Quando saíram das mesas, foram ao lavatório, onde o fluido escorria. As dores causadas pela experiência eram equivalentes às dores do parto. O líquido expelido vinha misturado com sangue. Os ensaios foram repetidos diversas vezes. As pacientes que não podiam ser injetadas, por terem o orifício externo do colo do útero muito pequeno, foram enviadas a Birkenau, instituição vizinha, onde foram mortas em seguida já que não tinham mais qualquer utilidade. A experimentação foi efetuada em 400 judias... muitas morreram por peritonite

pós-rotura do útero. A visita médica desse eminente professor provocava surtos de histeria nas mulheres judias, ouvia-se: "O açougueiro gordo está chegando!" Outra experimentação da área ginecológica consistiu em irradiar o baixo ventre de judias entre 15 e 18 anos de idade, todas provenientes da Grécia. Após várias sessões de irradiação, usavam-se os raios X, seus ovários eram removidos e os exames anatomopatológicos feitos no Instituto de Pesquisas de Breslau. Visto que os raios X mutilavam e arrebentavam as estruturas vizinhas, as judias, agora inúteis cobaias, eram enviadas às câmaras de gás de Birkenau.

12. *Marranos*: em Portugal, após a conversão forçada, acabou-se, oficialmente, a nação judaica em Portugal. Seus membros passaram a ser denominados de cristãos-novos, conversos, confessos, gente da nação, batizados em pé, marranos (porcos). Os antigos cristãos eram chamados de cristãos-velhos ou lindos. A explicação dos termos empregados na linguagem inquisitorial tem por fonte Elias Lipiner, *Santa Inquisição: Terror e Linguagem*, Rio de Janeiro, Documentário, 1977.

13. *Batismo em Pé*: o batismo de um judeu, quando adulto. Tornava-se cristão-novo, à diferença do cristão-velho, que recebia o sacramento na infância, nos braços dos padrinhos.

14. *Familiar*: agente civil do Santo Ofício. Eram escolhidos entre os elementos qualificados da aristocracia. Deveriam ser limpos de sangue, sem traços de mouro ou judeu ou gente reconvertida.

15. *Apud* Maria Luiza Tucci Carneiro, *O Anti-semitismo na Era Vargas. Fantasmas de uma Geração*, São Paulo, Brasiliense, 1988.

16. *Idem*.

17. Oswaldo Aranha, ministro de Estado das Relações Exteriores do Brasil no governo Getúlio Vargas, passou à história como presidente da sessão da Organização das Nações Unidas, na qualidade de representante do Brasil, que sacramentou a criação do Estado de Israel! O martelo utilizado no encerramento da votação tornou-se prestigiada peça de museu.

18. *Jean-Marie Lustiger*: atual Arcebispo de Paris, o Cardeal Lustiger nasceu numa família judia e converteu-se ao catolicismo aos 14 anos de idade. Sua mãe morreu em Auschwitz, sendo um dos 75 mil judeus franceses para lá deportados pelas autoridades colaboracionistas do governo de Petain. Personalidade controvertida por suas idéias e posição hierárquica, incomoda os *establishment* católico e judeu (*apud* Jim Bittermann, *Jewish: Born Priest is "Pope's Man in Paris"*, CNN World News (http://www.europe.cnn.com/WORLD/97/08/26/france.cardinal/).

19. *Cadish* (aramaico): oração dedicada aos mortos. Efetivamente, Ravel compôs temas musicais inspirados na reza.
20. *Apud* A. Herculano, *História da Origem e Estabelecimento da Inquisição em Portugal*, Lisboa, Livraria Bertrand, 1852.
21. *Apud* Flavio Mendes de Carvalho, *Raízes Judaicas no Brasil: O Arquivo Secreto da Inquisição*, Nova Arcádia, 1992. As demais referências com nomes e sentenças são da mesma fonte.
22. *Relapso*: réus que já haviam se reconciliado com a igreja e reincidiram na heresia.
23. *Cárcere e hábito penitencial perpétuos*: significava a prisão e uso do hábito penitencial, para sempre. O Regimento de 1640 estabeleceu, por uma ficção jurídica, que a pena duraria três anos, quando fosse com remissão e, de cinco, quando sem remissão. O antigo designativo "perpétuo" tornou-se sem sentido, mas, continuou a ser empregado nas sentenças, possivelmente com fins intimidativos.
24. *Ficto, falso, simulado*: diz-se do réu que não atinava com a confissão correta. *Confitente*: diz-se do réu que confessa suas culpas aos inquisidores. Desde que o réu não conhecia as acusações que sobre ele pesavam, segue-se que participava de um jogo de cabra-cega. Devia confessar mais culpas, bem como delatar mais pessoas, em especial, membros de sua família, as pessoas conjuntas. *Impenitente*: é o réu que, além de não confessar, não dá sinais de arrependimento. *Pertinaz*: os cristãos-novos condenados à morte e que queriam morrer na lei de Moisés, sendo, portanto, queimados vivos.
25. Anita Waingort Novinsky, *Rol dos Culpados. Fontes para a História do Brasil (Século XVIII)*, Rio de Janeiro, Expressão e Cultura, 1991.
26. *Abafador ou afogador*: cristão-novo encarregado de estrangular ou abafar com as roupas de cama os moribundos da mesma comunhão religiosa; pois, segundo é corrente, passa como preceito de certa seita judaica que os prosélitos não devem morrer, mas serem mortos. O afogador cumpre a triste e repugnante missão com a serenidade com que o sacerdote pratica os atos mais santos de seu ministério. Conta-se que muitas pessoas têm sido instadas pelos moribundos para que não os abandonem enquanto não expirarem, horrorizados com a idéia do estrangulamento... Essa estranha lenda originária dos primórdios inquisitoriais, e a que autores cautelosos negam qualquer autenticidade, considerando-a antes uma absurda acusação.

NOTAS

27. *Adágios inquisitoriais*: "Dá-me o judeu vivo, dar-to-ei queimado"; Lucero, O Tenebroso, primeiro inquisidor de Córdoba. "É virtude nos ministros o afligir, crime nos presos, o gemer"; era considerado subversivo chorar ou gemer nas audiências. "Os cristãos-novos têm no sangue o pecado e os cristãos-velhos têm no sangue o remédio." "Não comem carne de porco porque porcos são."
28. *Alfabeto do cárcere*: Forma de comunicação dos presos do Santo Ofício. Cada letra correspondia a certo número de pancadas na parede. Falar de um cárcere para outro ou bater nas paredes para efeito de comunicação era punido com mordaças ou açoites pelos corredores da prisão.
29. *Telefone*: nome moderno de tormento antigo. A vítima, sentada numa cadeira simples, amarrada e com a cabeça fixada, é submetida a bofetões fortes e simultâneos, aplicados com a palma das mãos, nas orelhas. Produz forte dor, zunidos, desorientação, vertigens e rotura dos tímpanos com suas conseqüências, infecções, até surdez, pela brusca variação de pressão.
30. *Cadeira* (ou mesa) *do dragão*: móvel metálico onde o réu era/é sentado/deitado e, após ser molhado, submetido a choques elétricos com terminais aplicados em locais variados.
31. *Manivela*: magneto ativado por fricção de manivela. O aparelho se carrega de eletricidade, descarregada no corpo da vítima por meio de fios, usualmente terminados em pinças "jacaré", presos a lugares sensíveis à dor, como uretra e mamilos. Máquina de construção e manutenção simples, daí sua popularidade entre os visitadores do continente, especialmente no Brasil.
32. *Cobra-viva*: o orifício de saída de uma mangueira de jardim é introduzido na boca do herege, suas narinas fechadas, e a torneira, onde a mangueira nasce, é aberta, com fluxo rápido. Induz sufocação, pois é impossível beber ou expelir a água, que, em grande parte, reflui para os pulmões. Não é incomum a broncopneumonia após tal tratamento.
33. *Polé*: roldana presa ao teto, onde o supliciado era pendurado por cordas amarradas nos membros superiores. A outra ponta da corda era conectada a uma roda, podendo ser controlados os movimentos de subida e descida. Era suspenso e em seguida despencado em queda livre, sem que chegasse ao chão, todo o choque transmitido ao corpo. O réu podia ser baixado aos solavancos, trato corrido, ou, velozmente, quase atingindo o chão, trato esperto. Os úmeros se desarticulam das escápulas, estas

das clavículas. Com pesos amarrados nos membros inferiores, o resultado final era uma desarticulação completa. "Vou dar um trato esperto nesse cara!", tal expressão é empregada até os dias de hoje, com o significado de "dar uma dura", tratar mal.

34. *Potro*: espécie de leito com travessas de madeira, agudas quinas, saliências pontiagudas. O acusado era deitado de costas, seu pescoço preso numa argola e fortemente amarrado contra as saliências. Os pés eram presos a argolas de ferro. Podia ser fortemente amarrado ou estirado, a argola ligada a um mecanismo de manivela.

35. *Pau-de-arara*: uma travessa suspensa onde o réu é dependurado pelos pés e mãos amarrados por cordas, por um período de tempo variável. Como requinte, pode ser chutado, enquanto nessa posição, nas costas ou nos genitais.

36. *Apud* Sérgio Buarque de Holanda, *História Geral da Civilização Brasileira*, São Paulo, Difusão Européia do Livro, 1972.

37. *Procurador do Preso*: após o libelo, é nomeado um procurador para acompanhar o processo do réu e requerer em seu nome. O dito procurador reunia-se com o acusado, na presença de um vigia, para que tudo que se falasse chegasse ao conhecimento da mesa. Eram eleitos pelo Tribunal Inquisitorial, entre os familiares. No juramento que prestavam perante o tribunal, constava: "...e se persuadir que o réu se defende injustamente, desistirá... e o virá declarar na mesa".

38. *Admoestação*: os réus ouviam três admoestações, em ocasiões diferentes. Quando da tomada de termo do parentesco, na segunda chamada à Mesa, era feita a primeira admoestação: que confessasse suas culpas. Não era dito qual a culpa. Por ocasião da terceira chamada, era feita a segunda admoestação: a "lei de Moisés" era lida e perguntava-se ao réu se praticava algum dos preceitos. A terceira era feita quando o libelo seguia para o promotor da justiça.

39. *Libelo*: não confessando o réu suas culpas após a terceira admoestação, o promotor o acusava de ser praticante da lei de Moisés: sendo cristão batizado, se apartou da nossa Santa Fé... se passou a crença da lei de Moisés, crendo que nela havia salvação... encontrava-se com pessoas da sua fé... não comia carne de porco, nem peixe de pele, afirmou que nunca comia presunto. Pede recebimento e cumprimento de direito, e provado o que baste, que o réu seja relaxado à justiça secular, como apóstata de nossa Fé e Herege.

NOTAS

40. *Monitório*: lista dos delitos e indícios de judaísmo. Englobava as culpas próprias, que deveriam ser confessadas e alheias, a serem delatadas. Destacavam-se os ritos e cerimônias judaicas. Era abrangente: executar trabalho aos domingos, vestir roupa branca ou enfeites aos sábados, varrer a casa às sextas-feiras ou acender candeeiros nesse dia, não comer coelho, peixe de pele, carne de porco. Eram sinais de apostasia e os fiéis tinham por dever denunciá-los às autoridades, sob pena, se não o fizessem de sofrer as penas canônicas. "...Daí por diante, a fúria da espionagem apossou-se da nação, a ninguém contendo os comezinhos preceitos da amizade, do reconhecimento, nem da honra. Domiciliários do mesmo teto, parceiros do mesmo ofício, convivas de uma só mesa, denunciavam-se uns aos outros: assim, o hospedeiro a quem agasalhava; o hóspede, a quem, muitas vezes por piedade o recolhia; assim, parentes, amigos, encontradiços; povo e fidalgos, doutores empanturrados de latim e campônios lerdos. E, para todos esses, e na consciência geral, um instinto vil se transformou em virtude preclara".
41. *Posto a tormentos* (eufemismo): ser torturado para obtenção de confissões ou como castigo, quando não se apuravam grandes pecados. Em Portugal, os principais instrumentos foram a polé e o potro, afora os que não exigiam construções especiais, chibatas, braseiros. O número e variante dos tormentos empregados em outros países é muito grande, havia instrumentos especializados na destruição de cada órgão, variantes destinadas a provocar a morte lenta ou rápida. Livros especializados trazem descrições dos diversos aparelhos como a roda, uma roda de carroça onde o condenado era amarrado, estirado, seus membros quebrados a golpes de martelo, em seguida, posto sobre uma estaca, ali ficava, morrendo aos poucos, sendo, lentamente devorado pelos pássaros. Basicamente, essa aparelhagem era destinada a provocar dor.
42. *Alcaide do cárcere*: figura da hierarquia administrativa inquisitorial, recebia os presos, conduzia-os ao cárcere, vigiava-os e denunciava os possíveis atos heréticos ali cometidos. Na véspera do auto-de-fé, providenciava as efígies dos réus ausentes, caixas de ossos e arcas dos livros proibidos para serem queimados. Entregava os réus com os hábitos penitenciais, na ordem em que sairiam para ouvir a leitura das sentenças.
43. *Relaxado em estátua*: o réu ausente ou morto era queimado em estátua, juntamente com seus ossos, quando disponíveis.
44. *Garrote*: instrumento para estrangular. Basicamente composto por uma

viga vertical, onde o condenado apoiava as costas, e um anel de ferro colocado à altura do pescoço, usado para comprimir a traquéia contra a viga. Os condenados à morte pela fogueira, desde que declarassem vontade de morrer sob a lei de Cristo, eram garrotados antes de serem queimados, como graça. Os que declaravam querer morrer sob a lei de Moisés eram queimados vivos. O garrotamento provocava, como se observa nas inúmeras pinturas que ilustravam o ato, ereção, provavelmente decorrente da anoxia. O fenômeno foi aproveitado pelo cineasta Nakagima no filme *O Império dos Sentidos*.

45. *Óleo de rícino*: óleo medicinal usado por via oral, como laxativo, em doses elevadas, provocava violentas cólicas e diarréias nos supliciados.
46. *Filtro de poluição*: consiste em amarrar o suspeito com a face junto à descarga de um automóvel com o motor ligado e fazê-lo respirar os gases expelidos pelo cano de escapamento. Conforme o tempo que o tormento é aplicado, produz a morte por anoxia.
47. *Tirai-o lá!*: expressão lacônica e clamorosa, acompanhada de gestos enérgicos e negativos, usada pelos cristãos-novos moribundos, quando se lhes mostrava um crucifixo, exortando-os a nomearem o nome de Jesus... "e, virando o rosto e dando com a mão, gritavam: tirai-o lá!".
48. Conforme Nicolau Emérico, *O Manual dos Inquisidores* (tradução e recolha de textos de Manuel João Gomes), Lisboa, Edições Afrodite, 1972.
49. *Idem*.
50. Carl Jung, *apud* Roney Cytrynowicz, em *Memória da Barbárie: A História do Genocídio dos Judeus na Segunda Guerra Mundial*, São Paulo, Edusp, 1990.
51. *Auto-de-Fé*: proclamação solene, em praça pública, das sentenças condenatórias pelo Tribunal da Inquisição. A realização dessa cerimônia impressionante era anunciada com antecedência e precedida de preparativos extremamente dispendiosos, para sua maior solenidade. No dia aprazado afluíam para o local, sob a promessa de benefícios espirituais, espectadores de todas as camadas, inclusive os príncipes... Feito um sermão contra as heresias, saíam os penitentes, pela ordem previamente estabelecida, para ouvir, de joelhos, as suas sentenças, e perante um altar, pronunciar as suas "abjurações" os penitentes admitidos à reconciliação. No mesmo ato fazia-se a entrega à Justiça secular dos condenados à morte. O auto-de-fé era um acontecimento proeminente, uma festa.
52. *Relaxado*: a Igreja abominava o derramamento de sangue, portanto o réu

NOTAS

era "relaxado", ou seja, entregue à justiça civil. *Relaxados em carne*: dizia-se do réu quando entregue à justiça secular, para ser queimado vivo.

53. *Mein idiche mame*: tradicional música do cancioneiro judaico, que exalta as virtudes da mãe judia.
54. *Matzá*: pão ázimo (sem fermento).
55. *Óleo de porco*: em ebulição, usado para provocar queimaduras cutâneas, durante os suplícios. Uma variante de sua aplicação era lanhar a pele dos pés, encher as fissuras formadas com o óleo, e, com fogo próximo, fazê-lo ferver.
56. *Abjurar*: retratar-se, renunciar solenemente às crenças e erros contra a fé.
57. *Quemadero*: local das execuções pelo fogo.
58. *Pedir mesa*: ato de confissão ou conversão de um réu. Podia acontecer durante a prisão ou até quando o réu estivesse no cadafalso. Eram imediatamente ouvidos pelos inquisidores, que levaram as novas ao Conselho Geral.
59. *Carocha*: objeto semelhante a mitra ou coroa, pintado com figuras extravagantes, posto sobre a cabeça de alguns condenados que participavam de um auto-de-fé.

Título	Memorial de um Herege
Autor	Samuel Reibscheid
Projeto Gráfico e Capa	Ricardo Assis
Fotos da Capa e da p. 1	Birkenau e Auschwitz (1998), por Samuel Reibscheid
Revisão	Ateliê Editorial
Editoração Eletrônica	Ricardo Assis
	Aline E. Sato
	Amanda E. de Almeida
Divulgação	Paul González
Formato	14 x 21 cm
Tipologia	Lapidary
Papel	Pólen Rustic Areia 85 g/m² (miolo)
	Cartão Supremo 250 g/m² (capa)
Fotolito	MacinColor
Impressão e Acabamento	Lis Gráfica
Número de Páginas	192
Tiragem	1 500